薔薇のしげみ

間埜心響
MANO SHION

幻冬舎
MC

目次

今宵、巣鴨の劇場で

印刷機の回る音が規則的に響く。

永遠に回るように思われるそのリフレインの中で、事務所に掛けられた大時計の長針が、その時だけカチリと明確な自己主張をして五時五十五分を指した。あと五分——あと五分で私は汚れた作業服を脱ぎ捨て、代わりにガラスの靴を履き、ネズミの馭者《ぎょしゃ》に牽かれた南瓜《かぼちゃ》の馬車に乗るお姫様になれる。

馬車の行く先は巣鴨。

オバちゃんの原宿なんて野暮なことは言わないで。煌めくシャンデリアと果てしない冒険の世界が広がる夢のお城が私を待っているのだから。

✿

「ごめん、スミちゃん。あたし今夜は行けないわ。今日中にこの製版、済ませちゃわないと」

六時きっかりに席を立った森田菫子《もりたすみこ》に山下加代子《やましたかよこ》が声をかけてきた。

「えっそうなの残念。でも頑張って。悪いけど私は行くね」

「うん。征《せい》ちゃんによろしく言って。来週は行けるから」

加代子に軽く手を振って、菫子はいそいそと事務所を出る。菫子と加代子の勤める高橋印刷《たかはしいんさつ》はJR大塚駅南口にあった。都電の線路を小走りに渡って駅に着くと、菫子はもう一度腕時計を見た。

「六時七分の外回りに乗れれば、六時半の開演に間に合う」

浮き立つ気持ちを抑えながら菫子は改札を走り抜ける。巣鴨は大塚の一駅先だ。

今夜の演目は《リチャード三世》。御贔屓《ごひいき》の役者、征ちゃんこと八代丸征児《やしろまるせいじ》が初めてシェイクスピア劇の主役に挑む記念すべき公演なのだ。悪名高きイングランド王を征児がどんな風に演じるのか、考えるだけでワクワクする。今夜のために菫子はジョセフィン・ティ著の『時の娘』も再読した。歴史に残る悪王リチャード三世が本当にそんなに悪い王だったのか、捜査時の不慮の怪我で入院を余儀なくされた警察官の主人公が、看護師たちの助けを借りて、世の中にまかり通っている通説の真偽を問う物語だ。いわゆる「ベッドの探偵もの」は董子の好きなジャンルだった。何らかの事情で動けなくなったことで、足ではなく頭が冴える——そういうことってあるんじゃないかな、と董子は思っている。もちろん今夜征児が演じるのはシェイクスピアの戯曲の方なので、世間によく知られている悪王であるリチャード三世だ。しかし様々な予備知識をあらかじめ仕入れておくことは、観劇後に征児に感想を聞かれた時、ありきたりの答えをしないための下準備でもある。誰もがするような答えなどしたくない。

「へぇ、スミちゃんてやっぱり見るとこ違うよね。参考になるよ」

征児にそう言われたい。

脚が不自由だったと言われるリチャード三世になりきるため、征児が普段から歩き方を変えていたことも董子は知っている。独特の片足を引きずるような動作を完璧にモノにするため、征児は健常者のように歩くことを自分に許さなかった。

オフに道を歩く時でさえ足を引きずりながら歩くので、道行く人たちは彼が本当に足が不自由なのではないかと思い、道を譲ったり階段で手を貸そうとしたりした。そんな時、征児は鼻高々で董子にこう言った。

「俺、不器用だからさ。何でも人の倍やらないとダメなんだ」

征児のストイックなまでの演技への情熱を、董子は何よりも尊敬していた。

遅れるわけにはいかない。それに、できれば開演前に楽屋の征児に会い、ひとこと激励の言葉を言いたい。きっと征児はいつものように、

「嬉しいな。スミちゃんはきっと来てくれると思ったよ。君にこの薔薇を」

と言って、赤やピンク、黄色の薔薇の花を一輪、いつものように私の胸に挿してくれるだろう……そう思うと鼓動が速くなった。

巣鴨駅正面口の改札を出ると目の前に白山通りの大通りが横切っている。通りを渡り、山手線と並行して伸びる道を入ったすぐ右側に《千一夜《せんいちや》劇場《げきじょう》》という名の小さな劇場がある。小さな雑居ビルの地下一階にあるその劇場は、オーナーの

千田一也が、自身の名前の《千》と《一》を取り、さらには「お客様を楽しませる物語が千一夜も続くように」との願いを込めて名付けたらしい。

　元々、特に演劇好きだったわけではない。三年ほど前、たまたま千田オーナーの知り合いだった高校時代からの友人・鮎川翔太《あゆかわしょうた》に《千一夜劇場》で開催されるアマチュア劇団の公演に誘われ、「一度くらいなら」と付き合ったのが始まりだった。それまで生の舞台劇は一度も観たことがなかった。しかし、その時観た二人芝居で、菫子は完全に舞台の虜になってしまった……と言うより、出演者の一人・八代丸征児に一目で心を奪われてしまったと言う方が正しいかもしれない。

　芝居自体は粗削りではあったが、スケールの大きさというか型にはまらない規格外の個性と輝きを征児に感じたのだ。特に征児の目の輝きは、一般人にはないものだった。

「ねえねえ、スミちゃんは昨日の二人のうち、どっちが好みだった？」

　翌日、事務所の会議室で一緒に昼の弁当を食べながら加代子がすかさず聞いてきた。翔太と二人で舞台を見に行く……ということに少々気乗りがしなかった菫子は、職場の同僚である山下加代子も初劇場鑑賞に誘っていたのである。高橋印刷の従業員に女性は菫子と加代子の二人だけ。さっぱりした気性で思いやりのある加代子とは職場の同僚であると同時に、気の置けない友人同士でもあった。

「そうねえ、どちらも素敵だったけど」

心の中では――絶対、八代丸征児――と叫びながら、菫子は曖昧に言葉を濁した。

「あたしは断然、田中彼方《たなかかなた》さん。あの渋さと落ち着きがたまらないわ。うちの会社にはいないタイプ」

加代子が八代丸征児と答えなかったことに菫子は内心ほっと胸を撫でおろした。二人一緒にワイワイ征児を応援するありがちなファンの立ち位置に自分を置きたくはなかったのだ。私ひとりが見て、私ひとりが応援して、私ひとりが理解する……いいえ理解なんて必要ない。征児が本当はどんな人物だったとしても関係ない。征児そのものが私の夢、私の輝きなのだから。

初めて征児の舞台を観て以来、毎週金曜日の夕刻、巣鴨の《千一夜劇場》に足を運ぶことが菫子の習慣になった。八代丸征児が所属するアマチュア演劇集団《劇団びっくり箱 jack-in-the-box》の公演日が毎週金曜だったからである。

「スミちゃんがアマチュア舞台劇にこんなにハマるとは、ちょっと意外だったな」

最初に菫子を《千一夜劇場》に誘った翔太の方が菫子の熱意に驚いたが、「俺もできる限り金曜に来るようにするよ」と言って微笑んだ。

菫子はわかっていた。翔太が演劇に自分を誘ったのは単なる口実に過ぎないことを。

「知り合いが劇場のオーナーやってるんだけど、なかなか満席にならないから来てよってうるさいんだ。良かったら一緒にどうかな？　初回はオーナーの奢《おご》り」

そう言ってきたものだが、きっと二人分のチケットを翔太が買ったのに違いない。できるだけ菫子に心の負担を与えないための苦肉の策だが、翔太がさりげなさを強調すればするほど菫子は彼の本心を知ることになる。あまりに自然な振舞いが却って不自然なことは、征児に対する自分の態度そのものでもあったからだ。二人の長く少々煮え切らない関係で、自分の方が圧倒的に優位に立っていることを熟知した上で、菫子は翔太をほんの少し困らせてみたくなった。

「同じ職場の同僚が、一度生《なま》の舞台劇を観たいって言ってたの。一緒に連れて行ってもいいかな？」

一瞬の沈黙があった。しかしその秒数さえ菫子が不審に思わない程度に自然だった。

「いいよ、もちろん。じゃあ俺からオーナーに言ってチケット何とかもう一枚都合してもらうよ」

将を射んとする者はまず馬を射よ――きっとそのあと、翔太は追加でもう一枚、加代子分のチケットを購入したのだろう。

翔太が菫子を追い、完全に翔太が追えないほどには離れないように菫子が逃げる。この構図は高校時代から全く変わっていない。翔太との距離は測らなくても把握できるようになっていた。そんな不毛なゲームをかれこれ十年近くも続けてきているのだった。自分は構わない。いつか翔太が業を煮やして、本当に自分から離れていったとしても、寂しいには違いないだろうが、それはそれで仕方がないと菫子は思っていた。元々、翔太と恋愛関係になることは考えていなかった。もちろん、長年付き合っているわけだから好きなことは好きなのだ。だがそれはLIKEであってLOVEではない。とても好ましいが、菫子の中で翔太の存在は加代子が男性になったようなものでしかなかった。

菫子の方に恋人ができなかったわけではない。むしろモテた。だが、目ぼしい相手と試しに付き合ってみてもどうにもピンとこず、ごく短期間で自然消滅するのが常だった。心地良い沈黙なら構わない。むしろ歓迎だ。が、菫子は相手の話に全く興味が持てなかったばかりか、二人の間にたびたび流れる気まずい間奏曲が耐えられなかった。暑苦しい饒舌を疎ましく感じるのと全く同じ重さで、菫子は冷えた沈黙が嫌いだった。相手もそれを察するのか、いつの間にか疎遠になっていくというパターンが続いた。

そんな菫子にとって、どんな時にもつかず離れずの距離にいてくれる翔太は貴重な相手。できれば本命が現れるまで近くにキープしておきたい。自分がされたら嫌だが、世の中の男女関係は多かれ少なかれ、そんな構図で成り立っているのではないか。翔太から「付き合ってほしい」と告白されたことはない。だから本当は翔太が自分のことをいったいどう思っているのか、確実なことは菫子にもわからなかった。時には一年近く会わなかったりすることもあったが、久しぶりに再会してもそれまでと変わらぬ態度で接してくれる翔太は、菫子にとって実にありがたい存在でもあったのである。

そんなつかず離れずの関係が十年も続くとさすがに男と女としての付き合いに移行するのは難しい。男女の関係はタイミングがものを言う。

彼の姿から一瞬も目が離せず、彼の言葉を一言も聞き漏らすまいとして耳をそばだて、昼も夜も寝ている間さえ彼のことが頭から消えない……恋ってそういうものじゃないかしら？　恋についてそんな思いを巡らせていた菫子の心を初めて射抜いたのが、八代丸征児だったというわけだ。《千一夜劇場》には平凡極まりない自分の生活や殺風景な職場にはない非日常が息づいていた。小さな舞台ではあったが、そこに躍動する知らない国の王子や王女、ロバに乗った商人やエキゾチックな衣装を纏った踊り子、手品師や魔術師……名もない市井の人々でさえ、スポットライトとフットライトに照らし出された煌びやかな世界では夢の国の住人だった。演じているのがテレビや映画でよく見るような有名俳優ではないことも幸いした。無名の役者が演じることで、「あ、あの人が出てる」などと思わずに劇中の世界にのめり込むことができた。

週に一度、《千一夜劇場》でひと時の夢を見ること、八代丸征児に会うことが、次第に菫子の活力と生き甲斐になっていった。と同時に、今まで何の変哲もない無味乾燥な職場だと思っていた印刷所が、意外にも活気に満ち、毎日決まりきったローテーションでしか動かない輪転機のようではなく、その日その日で手触りも温度も匂いも異なる変化に富んだ場所であることにも気づかされていった。

劇場のある雑居ビルの階段を一気に降りようとした時、菫子は階下の暗がりに一組の男女の姿があるのを確認した。男は征児、そして女はというと、それなりに着飾った身なりからして劇場関係者や劇団員のようではない。征児のファンの一人だろうか？

「今度はいつ会えるの？」

「まだわからないよ」

そんな会話が聞こえてくるようだった。あたりを憚《はばか》るように二人とも囁くような小声で話している。頬と頬が今にも触れ合いそうな距離だった。

「やあ、スミちゃん」

階段を降りてくる菫子に気づいた征児の方が先に、素早く女から離れた。女もすぐに居住まいを正し、「じゃあ、また連絡してね」とこれ見よがしに言いながら、狭い階段を昇ってきた。菫子の脇を通り過ぎる時、女がチラリと菫子を見る。視線に敵意があった。女が階段を上がり切って地上に出、その姿が完全に見えなくなるのを確かめてから、征児がふうっと息を吐く。

「変なとこ、見られちゃったね」

「ううん」

何と言っていいかわからず、取り敢えず首を横に振ると、

「彼女ちょっとばかりしつこくて。だけど常連のお客さんだから邪険にはできないし。劇団びっくり箱が今後さらに成長していくためには何よりも固定ファンを増やしていくことが大事だろ？　ある程度は付き合わないと」

「ある程度って？」

「君には誤解されたくないから言うけど、彼女に対して個人的な感情はこれっぽっちも持っていない。信じてほしい」

彼女には個人的な感情を持っていない……じゃあ私には？　そう聞きたくなるのを菫子は既《すんで》のところで堪えた。核心に触れた瞬間、征児と自分をかろうじて繋いでいる細い糸がぷつんと切れてしまうような気がしたのだ。征児はいつでも思わせぶりな言い方をする。今だってそうだ。「信じてほしい」「彼女は特別ではない」と遠巻きにするだけで、肝心なことは決して口にしない。女が言ってほしいのは、「彼女は特別ではない」ではなく、「君は特別な人だ」なのに。

征児と初めて親しく口を利いたのは、三度目に《千一夜劇場》を訪れた晩のことだった。劇団員の中に、ちょうどその日が誕生日だという者がいるということで、団員たちと一部のファン数名で、舞台がハネたあと小さなお祝いの会が開かれることになったのだ。オーナーの計らいで翔太と菫子、加代子もその会に呼ばれた。

劇場の客席がそのままバースデー・パーティー会場になった。狭いフロアに丸テーブルが八卓。そこに簡単なスナック菓子やテイクアウトの寿司などが手早く並べられ、ビールやワインがグラスに注がれた。照明が落とされ、誰かが用意したバースデーケーキに灯されたローソクの火を今夜の主役が吹き消す段になると、パーティーはささやかながら盛り上がりを見せた。そして会場に再びライトが点いた時、菫子のすぐ隣に八代丸征児がいた。

間近で見る征児は、舞台に立っている時よりは当然ながらごく普通の若者に見えた。が、一八〇センチを優に超す恵まれた体躯、そして目鼻立ちのくっきりとしたどこか日本人離れのする面立ちは、場末の劇場に出演している駆け出しの役者とはいえやはり一般人とは別格のオーラがあった。何よりも目の光が違う。瞳の中に無数の星でも入っているのかと思うほど、彼が瞬きをするたびに、黒い二つの宝石がミラーボールの放つライトに呼応してキラキラと輝いた。

思いがけない接近と征児の目の美しさにどぎまぎする菫子に「いつも見に来てくれてるね」と征児から声をかけてきた。

「まだ三度目ですけど」

言葉少なに言葉を返す菫子に、

「知ってるよ。初めての日、彼氏さんと来てたでしょ？　今夜もだ」

征児は翔太を菫子の彼氏だと思ったのか。それにしても、舞台の上で役を演じながら暗い客席を見て、そんなことがわかるものだろうか？　客を気にして台詞を間違えたりしないのだろうか？

「彼氏じゃないです。ただの友だち」

ただのなどと言うべきではなかった、わざとらしく聞こえはしなかったか。

「そう？　なら良かった」

それだけ言って征児はすぐに別のテーブルへ行ってしまった。

劇団のパーティーから二か月ほど過ぎた週末、菫子は珍しく風邪を拗《こじ》らせてしまった。何とか出勤はしたものの、午後から悪寒と頭痛がし、事務所に常備してある体温計で測ると三十八度の高熱だった。はた目にもわかるほどぶるぶると震える菫子に、所長が早退を促してきた。

「早く帰ってゆっくり休みなさい」

今日は金曜日、巣鴨で征児に会える日なのに……そう思ったが、熱で朦朧とする頭からはさすがに愛しい男の面影も薄らいでいった。

「征ちゃんにはあたしから言っとくよ。菫子は風邪で来られないって」

加代子が気を利かせて言ってくれていたようだが、その声すらどこか遠い彼方から聞こえる。一刻も早く帰宅して部屋のベッドに横になりたい、その一心だった。

アパートに帰宅してすぐに解熱剤を口に放り込み、服も脱がずにベッドに倒れ込むように身を横たえる。そのままどのくらい眠ったろうか。ぐっすり眠り、解熱剤が効いて夥《おびただ》しく汗をかいたせいか、どうやら熱はひいたようだった。

ベッドサイドの置き時計を見ると、午後十時。

「公演はもう終わったかしら?」

ようやく征児のことを考える余裕も生まれた。

「加代ちゃん、私の体調のこと、征ちゃんに伝えてくれたかな」

汗でべたついた体をシャワーで洗い流し、タオルで拭きながらバスルームを出て、冷蔵庫にあったオレンジジュースを一口飲んだ時、玄関のチャイムが鳴った。

「加代ちゃんだ」

自宅を行き来するような友人は加代子しかいない。舞台のあと見舞いに立ち寄ってくれたのかも……。菫子のアパートは巣鴨と大塚のちょうど中間地点にあった。加代子の家もそう遠くない。

しかしパイル地のガウンだけ素肌に羽織ってドアを開けた菫子の前に立っていたのは八代丸征児だった。

「征ちゃん……どうして」

《千一夜劇場》に通ううち、いつの間にか征児のことを劇団員や他の固定客たち

と同じように「征ちゃん」と呼ぶようになっていた。驚く菫子に、

「ごめん、突然。山下さんからスミちゃんが熱出して今日は来られないって聞いて、ものすごく落胆した自分に気づいたんだ。演じてる最中にも君のことがずっと心配でたまらなかった。山下さんに君は一人暮らしだって聞いたから」

征児は早口にそう言った。

「君の家は山下さんに教えてもらった。あ、彼女を責めないで。俺が無理やり聞き出したから」

その言い訳と茶目っ気のあるしぐさは、まるで舞台劇の脚本に書いてある台詞のように滑らかで完璧だった。どうすれば相手に憎まれないか熟知しているようでもあった。征児に生まれついて備わった才能なのだろう。そんな武器を使わなくたって私は少しも怒ってなどいない。むしろ加代子に感謝したいくらいだった。

「何か足りないものがあるかと思って、ヨーグルトとゼリーを買ってきた。熱があったら買い物にも行けないだろ？　駅前のコンビニのだけどね。これなら熱があっても……」

征児が最後まで言い終わらないうちに、菫子は彼に抱きついていた。本当はずっと前からこうしたかったのだと菫子は征児の胸のぬくもりを感じながらそう思った。

「スミちゃん」

一瞬戸惑ったように体を強張らせた征児だったが、すぐさま菫子以上に強く、彼女のまだ少し濡れているパイル生地越しの体を締めつけてきた。

その日から、征児はたびたび菫子のアパートを訪れるようになった。週に一～二回といったところか。菫子の部屋で菫子の作った料理を一緒に食べ、テレビを観たり、たわいのない話をしたり、時には熱っぽく演劇の話をする征児を菫子がじっと見つめる。

「私たちは恋人同士なんだろうか？」

憧れの征児と思いがけず愛し合う仲になり、ほとんど有頂天でありながら、その疑問は常に菫子の心にくすぶっていた。なぜなら征児から明確な愛の言葉や告白がなかったからである。ベッドの中で「好きだよ」「初めて見た時から君が好きだった」などと言ってくれることはあった。が、それ以外の時、要するにお互いが衣服を着用している時に、それらの言葉を征児が口にすることはなかった。一番気になったのは、自分の話はしても、征児が菫子の仕事の話や生い立ちなどを一切聞いてこないことであった。

仕事でどんなに嫌なことがあっても、征児が来ると全てのことが帳消しになり、菫子の一日は薔薇色に塗り替えられる。だからこちらから征児に自分のことを話す必要がなかった。そういう意味で、征児の話さえ聞いていれば満足には違いなかったが、もし征児が自分のことを好きなら、こちらのことを知りたいと少しは思うものなのではないだろうか。

劇場に行くたびに征児にもらう一輪の薔薇が玄関の靴箱の上に飾られている。薔薇を見れば、征児の気持ちを信じられる気がした。菫子にとっては征児が薔薇の花そのものだったのである。実際、古い菫子のアパートの部屋は、征児が来ると、いささか暗くなった照明をその時だけ取り替えたのではと思えるほど明るくなった。

一方征児が来ない日は、もんもんと気を揉むことになる。以前、階段の下で出会ったファンと思しき女のところに行っているのではないか？　征児を求めているのはあの女一人ではないだろう。私の知らない他の大勢の女のところに、征児は順番に通っていたりして。私より若い女、私より綺麗な女、私より賢い女、私より演劇の造詣が深い女……菫子の頭の中で際限なく繰り広げられる妄想という名の嫉妬は、深みという深みにどこまでも堕ちていくようだった。実態が掴めないからこそ、その想像は限界を知らなかった。

一度、征児にこう持ち掛けたことがある。

「私の方も予定があるから、あらかじめ来られそうな日を言っておいてくれると助かるんだけどな」

征児はふらりと現れるばかり。たまたま菫子が職場の飲み会で帰宅が遅くなった日などは、来てはみたものの菫子が留守だったのでそのまま帰ったというようなことをあとから聞いたりしたからでもある。征児に会える日を一日ロスってし

まったと菫子は悔やんだ。が、当の征児はのほほんとするばかりで、

「そうは言っても、俺の方も予定が立つようで立たないんだ。舞台のあと急に皆で飲みにいくこともあるし。疲れて早く帰りたい日もある。約束していて行けなくなったら、その方が君をがっかりさせてしまうだろ」

言い訳を聞いても菫子は全く釈然としない自分を感じた。要するに征児は自由でいたいのだ。何かの約束やら束縛やら、その他あらゆる決め事をしたくなく、有名な役者になること以外の将来の展望には全く興味がないのだと。その自由奔放さこそ征児の魅力であり、征児の役者としてのスケールをも裏付けているのだと重々知りながら、一人の男としての征児を愛する菫子の心は千々に乱れた。

寝ても覚めても彼のことが頭を離れないような恋……あれほど望んだ灼熱の恋に身を焦がしているというのに、菫子は時々自分が幸せなのか不幸なのかわからなくなる瞬間があった。本当の恋には苦しみが伴うんだ。恋の甘さとほとんど同じくらいか少しだけそれより多い苦さを菫子は思い知った。

「征ちゃん、ああ見えて照れ屋なんじゃないかなぁ」

悩みに悩み、散々迷ったあげく、征児とそういう関係になったことを唯一打ち明けた加代子が、菫子の不安を払拭してくれるような恰好の理由を探し出してくれた。

「ほら、よく引っ込み思案なわが子の性格を心配した親御さんが、社交性を身につけさせるために、その子を児童劇団なんかに入れるっていう話あるじゃない？　女優さんや俳優さんで、元々は人前に出るのが苦手だった、そんな自分が今役者をやっているなんて信じられませんっていう人、結構いるし」

「そうかな」

「そうだよ。大女優の葛城麗子《かつらぎれいこ》だって、子供の頃は泣き虫レイコって呼ばれるくらいすぐに泣く引っ込み思案な子だったって、本人が何かのインタビューで答えてたし。征ちゃんがそうかどうかは知らないけれど、ともかくちゃんとスミちゃんに会いに来てくれてるわけでしょ？」

それはそうだった。ハードな舞台が終わってひどく疲れているように見える時にも、

「スミちゃんの顔見たら元気が出た。君は俺のビタミン剤だ」

などと言って、菫子を幸福の絶頂に押し上げてくれたものだ、言葉と肉体の魔力で。

二人の交際が劇場でも公然の秘密となる頃、ただ一人、鮎川翔太だけが、

「スミちゃんさえ幸せなら周りがとやかく言うことじゃないけど、向こうは役者なんだから、どこかで一線引いとく方がいいと俺は思うよ」

と言ってきたが、その時の菫子に聞く耳があるはずもなかった。


「俺にもようやくメジャーデビューのチャンスが巡ってきたよ」

相変わらず金曜日の夕刻、《劇団びっくり箱》の公演を観に巣鴨に通う日々が三年ほど続いたある日、身なりの良い紳士が二人、楽屋で征児と熱心に話をしているところに菫子は偶然出くわした。その日の夜、菫子のアパートにやってきた征児が満面の笑みで開口一番そう言ったのである。

「メジャーデビュー?」

「ああ、今日楽屋に来てた人たち、スミちゃんも見ただろ？　あの人たち、大手芸能プロダクションの幹部さんなんだよ。《ワンダー》っていう」

「ワンダー？」

「そう、有名どころだと女優の葛城麗子なんかが所属してる」

「葛城麗子の事務所なの？」

端正な顔を紅潮させて幾分興奮気味に話す征児を、何か不穏な霧が立ち込めてくるような気配に体を軽く強張らせながら菫子は見つめた。それはある予感のようなものだった、良くない方の。

「へえ、すごいじゃない。で、その人たちの話は何だったの？」

努めて平静を装いながら、これではまるで妻が夫を問い詰めているようだと、菫子は自らを苦々しく思う。

「それがさ、今度映画化が決まっているある作品の準主役に、俺を起用したいんだって。出番は少ないけれど、主人公の幼馴染《おさななじ》みっていう位置づけの。たまたま先週金曜の公演を観に来てた《ワンダー》のスカウト担当の人が、さっき来てた二人のうちの社長さんに俺のこと話してくれたみたいなんだ」

「あの二人のうちに《ワンダー》の社長さんがいた……どっちの人？」

「背が低い方の人だよ。お忍びで今日舞台を観に来て、なんだか俺のこと気に入ってくれたみたい」

　俺を気に入ってくれた……照れながらもそう言った征児には紛れもない自信が感じられた。その社長という人は、きっとたいそうな誉め言葉で征児を持ち上げたのに違いない。終始にこやかに征児に話しかけていた小柄な男を菫子は思い出す。有名芸能事務所の代表とはとても思えない腰の低さだった。

　征児が念願のメジャーデビューを果たす。この吉報は嬉しいはずだ、恋人ならば。だが、際限なく上昇を続ける征児の高揚感とは裏腹に、鉛のように重く沈んでいく自分の気持ちを菫子はどうすることもできなかった。

　その新作映画の撮影が始まると、《千一夜劇場》での劇団びっくり箱の公演に征児が出演することは次第に減っていった。それはそうだ。自然災害や天候、出演者の体調、事故や事件、社会情勢……映画の撮影というのは往々にして様々な不測の事態に見舞われる。その時のために、出演者は常に体を空けておかなければならない。撮影が完了するまでは、時間も体もその映画に拘束されるのは致し方ないことだった。

「征ちゃんが出ないならと、来なくなったお客さんも少なくないんだよ」

オーナーが溜め息混じりにそう漏らしているのを菫子も聞いた。

そして征児の出番が減ったのは、《千一夜劇場》だけではなかった。征児が菫子のアパートに来ることも少しずつ、だが確実に少なくなっていったのである。こうなることはどこかで透けて見えていたのではないか。征児とそういうことになった初めての日から。今さらながら翔太の言った「相手は役者、どこかで線引きしておけよ」が耳に痛い。そして会わない日が二か月を越したと思えたある日、アパートのメールボックスに入っていた一通の手紙が、事実上征児との別れになった。

スミちゃん、今までありがとう。

君と過ごした日々はかけがえのない俺の宝物。

でも俺は役者としてもっと高みを目指したい。いつか日本を代表する俳優になりたいのです。俺にはこれしかない。

スミちゃんが俺に期待してくれたような立派な役者になるよ。

もうあまり会えないと思うけど、どうか元気で。


切手も消印もなかったところを見ると、征児はこの手紙をここまで持ってきたということになる。ここまで来ていて、自分に会うつもりはなかったのだ。面と向かって別れ話を切り出し修羅場になるのを恐れたのか？　それとももう自分に会いたい気持ちはなかったということか？　自分には会わずに去っていった……そのことが全てを物語っているように菫子には思えた。

短すぎる手紙（長ければいいというわけでもなかったが）を読み終え、菫子は泣いただろうか？　彼女はしばらくの間、決して突然でも意外でもないこの事態を飲み込み、頭の中を整理するため鎮まっていたが、やがて思い出したように声を出して笑い始めた。止まらない笑いを体をよじって堪えながら、その目には一滴の涙も浮かばなかった。

「征ちゃんてば、征ちゃんてば、スミコの漢字も知らなかったんだ」

菫子は泣き笑いを止めることができなかった。手紙の末尾には《森田澄子様》と書かれていたからである。菫子ではなく、澄子と。

この三年、相手と自分の見ていた景色は全く違うものだったことにようやく気づき、長い夢から覚めたような一種の清々しさを、菫子は深呼吸と共に胸いっぱい吸い込んだ。喪失感とも空虚さとも、ましてや開放感とも違う。ようやく足の下に地面の感触を得たような気分だった。

征児を責める気持ちは不思議になかった。征児は役者を究めるという自らの使命を生きる道すがら菫子という駅にふと途中下車したのだろう。遊んだつもりも、もちろん騙すつもりも毛頭なかった。あの三年間は、菫子だけでなく征児にとっても間違いなく必要な時間だったのだ。

私にとって巣鴨のあの劇場が夢の世界であったのと同じに、征児にとっては菫子の部屋で過ごすひと時が、辛く苦しくいつ芽が出るとも知れない曖昧で遠い現実を忘れさせてくれる夢の世界であったのだと。そう思うことで、征児のいない明日からの日々を菫子は前を向いて歩いていけると信じた。

名もないアマチュア演劇集団の一員であった八代丸征児が、大手芸能事務所の若き社長に見いだされて映画初出演した『遠きメモリー』が、映画史上まれにみる爆発的ヒットを記録し、それがきっかけで征児が日本を代表する映画俳優となったのは、ずっとあとの話になる。

✿

「スミコさ〜ん、面会ですよぉ。旦那さん」

看護師の桜木《さくらぎ》マリが伝えに来ると、ロッキングチェアに座った、それまで無表情だったスミコと呼ばれた老婦人の表情がぱっと輝いた。

「征ちゃん！」

弾んだ声に応えるように、こちらも満面の笑みを湛えた初老の男性が入室する。

「スミちゃん、具合はどう？　最近ずいぶん調子がいいようだって院長先生が言っていたけど」

「ええ、そうなの。ずっと分厚い雲の中を彷徨《さまよ》っていた気分だったけれど、このところ雲が切れて、なんだか晴れ間も見えてきたみたい」

「そりゃあ良かった」

男性は心底安堵した様子を見せて、手土産の小さな紫色の花束をスミコに差し出す。

「まあ、いつも綺麗なお花をありがとう。でもなぜスミレなの？　征ちゃん、いつも薔薇を一輪私の胸に挿してくれてたのに」

「そうだったかな？　俺はいつもスミレをあげていたよ」

「そう？　でもいいわ、スミレでも構わない。これとっても可愛いもの」

スミコは満足そうに部屋の窓際に置いたガラスの花瓶にスミレの花束を活けた。

「日差しのある窓辺に置くと、お花も嬉しそう。お水と太陽の光がお花には必要だから」

幼女のように微笑む妻を見ていると、ここ赤羽総合記念病院《あかはそうごうきねんびょういん》分院の院長・赤羽《あかは》猪一郎《いいちろう》が顔を出した。スミコが突然、原因不明の健忘症に襲われ、町医者から始まってあらゆる大学病院を巡り、最終的に専門医がいるというここ赤羽総合記念病院分院に落ち着いてから、早くも五年の月日が経っていた。

「ご主人にお話ししておきたいことが。いや、とても良い話ですよ。このところ奥さんの具合が急速に改善されて、いろいろと思い出し始めている兆候があるんです」

「本当ですか?」

「ええ。ですから、何か奥さんの記憶に結びつく物や話をご家族でどんどん出してほしいんです。状態が良い時に適切な刺激を与えれば、一気に回復につながることもありますからね」

赤羽院長はにこやかにそう言うと「では」と部屋を出ていった。入れ替わりに入ってきたのは一人の若い女性である。

「お父さん」

「おう、碧《みどり》か。母さんの様子がとてもいいと今、院長先生に伺ったところだよ」

「私も先日、先生から聞いたわ」

「美里《みさと》の入学の準備は進んでいるか？」

「ええ、最初は学校に行くのを不安がってたけれど、先日向こうのおばあちゃんに学習机を買ってもらってからすっかり小学生気分。毎日ランドセルを背負ってはしゃいでいるわ」

「それは良かった」

「お母さん、美里がもうすぐ小学生だなんて知らないのよね。病気が発症した時には美里まだ二歳にもなっていなかったから」

碧が無念そうにつぶやく。子供の成長と照らし合わせると、この家族の五年の歳月が決して短いものではなかったと推察される。

重苦しい空気を払うように、碧が話題を変えた。

「この前、小学校の給食の試食会に行ってきたの。さすがに全国二位をとっただけの美味しさ。あれなら好き嫌いの多い美里も食べられそうよ」

「お前が小さい頃は食べ物の好き嫌いなんてなかったけどな。親子でも何かと違うもんだ」

「それはお母さんが料理上手だったから」

二人が再びしんみりしたところで、テレビを観ていたスミコが嬉しそうに声をあげる。

「見て！　また征ちゃんが出てる。こんなに売れっ子になって忙しいのに、毎日ここへ来てくれて。本当にありがとう、征ちゃん」

礼を言うスミコにもう一度笑いかけ、父と娘は静かに部屋の外へ出た。

「ちょっとお父さん、いつまでお母さんに征ちゃんと呼ばせてるのよ？　第一、恋敵だった奴の名前で呼ばれてお父さん、悔しくないの？　征ちゃんと翔ちゃん、いくら名前が似ているからって」

「いいんだよ。お母さんは今、巣鴨の劇場に行っているだけなんだ。夢だとわかればきっとここへ帰ってきてくれる」

「本当にお父さんってお人好しを絵に描いたみたい」

碧はふうと息をつき、「もしお母さんが正気に戻ったら、いの一番に言ってやる。お母さんは世界一の男性と結婚したのよって」

「そりゃ、ありがたいね」

碧はそこで少し声を潜め、

「ところでお父さん。実は前から気になってたことがあるんだけど」

「何だよ、改まって」

「私って……もしかして、八代丸征児の子供?」

翔太は目を見開いて娘の顔をまじまじと眺め、

「全く呆れるね、何を言うのかと思ったら。実の父親にそんなこと聞く奴があるか! 鏡をよく見てみろ、お前のどこが銀幕の大スター八代丸征児に似てる?」

「おあいにく様。私は母親似ですから」

そこで、父娘は同時に笑い出す。笑い声につられたのか、いつの間にか菫子が部屋の外に出てきていた。

「お母さん、中にいなきゃだめよ、春先の病院の廊下はまだ寒いわ」

娘に肩を抱かれて、部屋に戻った菫子は、二人を前にこう語り出した。

「やっと思い出したの。私は森田菫子《もりたすみこ》、いいえ、鮎川菫子《あゆかわすみこ》。そしてお父さん、あなたは征ちゃんなんかじゃない。鮎川翔太だわ」

翔太と碧は驚いて顔を見合わせ、次にもう一度菫子の顔を見る。

「お母さん、どうして急に」

「本当に思い出したのか？」

菫子は大きく頷きながら、

「ええ、ええ、本当に本当よ。何だか今日は朝からいい予感がしたの。雨が上がって虹がかかる夢を昨夜見たから」

「本当に思い出したんだね」

翔太の目から涙が溢れる。眼鏡を外して涙を手の甲で拭うが、その手からさらに涙はこぼれ落ちた。

「翔ちゃんがさっきくれたスミレの花束よ。あれで全部思い出したの。あなたはいつも私にスミレの花を贈ってくれていた。私の名前と同じ菫《すみれ》の花を。それなのに長い間、私は薔薇の花しか見ていなかった。他の女たちからもらった花束から抜き取った薔薇をくれていただけの男しか」

翔太は泣きながら、ようやく自分の元に戻ってきた妻に言う。

「やっと巣鴨の劇場から戻ってきてくれたんだね」

菫子は晴れやかな笑顔を見せた。

「そうよ。もう劇場へは行かないわ。朝起きたらそこにあるのが私の劇場だから」

モッコウバラの咲く頃に

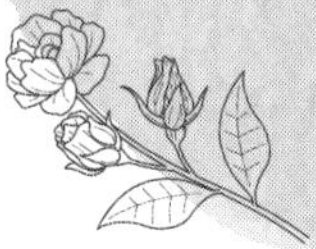

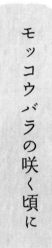

子供の頃よく遊びに行っていた祖母の家に、モッコウバラの木があった。

モッコウバラは春に黄色の花を咲かせる蔓性植物で、私はその明るい花色がとても好きだった。

「モッコウバラが咲いたよ」

祖母から連絡がくると、私は自転車を飛ばして祖母の家に駆けつけた。亡くなった祖父が作った大きなアーチ型の誘引に絡まりながら、満開のモッコウバラが黄色い花房をゆったりと五月の風に揺らしている。

「私この花が一番好き」

「ありがとう」

祖母は嬉しそうに目を細めたが、

「モッコウバラには棘がないっていうんで育て始めたんだけど、今年初めて棘が出てきたから触らないようにね」

と私に言った。

「棘が」

「そう。とても魅力的なものは時として予告もなく牙をむくことがある。だから遠くから見ているだけにしておくの」

初めて棘が出現したというモッコウバラ……もういつの年のことだったか忘れたが、その優しい風情の中に危険なもう一つの顔が隠れているような気がしたのを覚えている。


ゴールデンウィークも近いある年、小学生だった私は祖母の家の縁側で宿題を片づけていた。ひと段落してふと顔を上げると、例のモッコウバラのアーチの下に見知らぬ女の人が立っているのに気がついた。

「おばあちゃん！」

私は驚いて祖母を呼んだ。台所で昼ご飯を用意してくれていた祖母が、ただならぬ私の声を聞きつけて飛んできた。

「どうしたの？」

「モッコウバラの木のところに知らない女の人がいる」

するとと祖母は私の指さす方を眺め、しばらく黙っていたが、やがて意を決したように、

「お前にはあれが見えるのね」

「見たこともない女の人だよ。どうやってここの庭に入ったのかな」

「私だけに備わった力だと思っていた。まさかお前に受け継がれていたとはね」

それから祖母が私に話してくれたことは驚くべきものだった。私には「他の人には見えないものが見える」というのだ。ごく少数ではあるが、世の中には何人か同じ能力を持った人々がいて、それは透視能力とか霊視能力と呼ばれているという。その力にも個人差があり、私や祖母のようにそこにはいないはずの人たちが見える人もいれば、蓋を閉めた箱の中に入っている物を見通せたり、裏返しになっているカードの図柄や数字を正確に言い当てたりできる人もいるらしい。

「見えないものが見える力、それは望んで手に入るものではないけれど、いらないからといって手放すこともできないの。生まれた時に与えられた宿命みたいなものなのよ」

祖母はそう言った。そうなんだ。どちらかというといらないな……と私は思った。他の人と違う能力なんて仲間外れにされそうな気がしたからだ。

「あの女の人は一体誰なの？　あんな人、私は見たくないのに」

祖母が作ってくれたキツネうどんをすすりながら私が聞くと、

「あの人はもうずっと、この時期になるとモッコウバラのアーチのところに来るんだよ。モッコウバラの花が咲くのを待っていたみたいにね」

「他の人には見えないの？　お母さんにも」

「お母さんにもお兄ちゃんにも見えないのよ。見えるのはお前と私だけ」

祖母はさも愛しそうに私を見つめた。

「だけどね、これは二人だけの秘密。誰にも話しちゃいけないよ」

なぜ話してはいけないのか、私がそれを祖母に尋ねることはなかった。それが聞いてはいけないことであるのは、頭や知識以外の何かで幼い私にも何となく理解できたからだ。黙っていること……それこそが最も重要で、また唯一私を守ってくれる砦になるのだと知ったのは、ずっとあとになってからだったが。


それから数年経ったまた別の春の日。

畳敷きの広い部屋の真ん中に敷いた布団に、祖母は小さな体を横たえていた。もう長いこと、祖母は体を悪くして入退院を繰り返していた。病は少しずつ祖母を侵食し、最終的には乗っ取ってしまおうと目論んでいるようだった。外を見たいと言う祖母のため障子は開け放していたので、庭の様子がよくわかる。

「モッコウバラのところに、女の人はいるかい？」

すっかり聞き取りにくくなった小さな声で祖母が私に聞いた。

「いるよ」

「そう」

祖母は頷いて、私を見た。

「心配しなくていいよ。あの人たちは何もしない。ただそこにいるだけだから」

「どうして、ああして立っているの？」

「寂しいんだよ」

そう言って祖母は口元に右手の人差し指を当て、最後にもう一度念を押すようにこう言った。

「黙っているんだよ、花蓮《かれん》。お前の胸の中だけにしまっておき」

それが祖母との最後の会話になった。


祖母亡きあと、祖母が一人で住んでいた家は取り壊された。庭のモッコウバラもアーチと共になくなった。

大好きな祖母の家がなくなってしまったことに、私は言いようのない悲しみを覚えた。辛い時、寂しい時、そして嬉しい時、何かにつけては祖母の家に行き、祖母と一緒に過ごした。何を話すわけでもなかったが、自分を丸ごと受け入れてくれる祖母のそばにいるだけで、私は癒やされ、自分を解放することができていたように思う。それは、同じ能力を持った者同士の暗黙の相互理解だったのかもしれない。

私はこれからどこへ行けばいいのだろう？　モッコウバラの木の下に毎年佇んでいたあの女の人もまた、行き場を失ってしまったと思った。


祖母の死など何事もなかったかのように、時は過ぎていった。滔々と流れる大いなる宇宙時間の中では、人間ひとりの命が生まれたり消えたりすることなど取るに足らないことなのかもしれない。祖母の死後も私は様々な場所で、他の人たちには見えないものを見た。体育館の片隅で私たちのマット運動をじっと見つめる少年を、家族旅行の旅館の廊下をタタタッと水拭きする仲居さんを、建設中のマンションの前でぽつりと佇む少女を。

最初は怖かった。

だが、祖母の「怖がらなくていい、彼らは何もしないからね」という言葉を思い出し、見て見ぬふりをすることができるようになっていった。そしてそうするうちに、「全ての人に見える人」と「他の人には見えないが、私にだけ見える人」の間には何の隔たりもないのだと思うようになった。他の人には見えないものが見える能力は、例えば絵を描くのが上手い、とても速く走れるなどの才能と何ら変わりはないのだとも。

たった一つ願ったことは「おばあちゃんが見えたらな」ということだったが、祖母が私の前に姿を現すことはついになかった。

地元の国立大学に入学した私は心理学を専攻し、学び始めた。多種多様な人間という存在は何を考えどこへ行こうとしているのか。自分はこれから先、何を目指せばいいのか。心理学を勉強すれば、その疑問に私なりの答えが出せるかもしれないと思ったからだった。

ゴールデンウィーク明けのある日、初めてのゼミの懇親会が大学近くの和風喫茶で開催された。その店に足を踏み入れた瞬間、私は久しぶりに覚えのあるあの感覚が近くにあるのを意識した。レジで会計をする若い女性スタッフの横に、一人の男性が立っていたのである。お昼時で賑わう店内の喧騒には不似合いなまでに静謐なその佇まいは、私が知っている彼ら特有の共通点だった。

ここにもいるんだ。

そう思いながら懇親会の予約テーブルの座席に着いた時、隣の席に来た女の子が私にそっと囁いた。

「レジのところに変な男の人いたよね」

驚いて振り向くと、学部で一番の美人と評判の遠山志乃《とおやましの》である。

「今なんて?」

私は多分強張った表情をしていただろう。志乃は声を潜めた。

「レジのお姉さんの横に妙な男が立っていたでしょ」

「もしかして、遠山さんにもあの男の人が見えたの?」

「うん」

志乃は小さく頷いて、「私、子供の頃から他の人には見えないものが見えるんだ。堀田《ほった》さんもそうなんでしょ?」と屈託なく言ってくる。

「なぜ、それを」

「堀田さん、よく誰もいない講義室の角っこをじっと見て、ぼうっとしてるから」

私と志乃は同時に吹き出し、声を出して笑い合った。あんな笑いは久しぶりだったかもしれない。

「二人だけでもっとゆっくり話したいな」

積極的な志乃に誘われ、懇親会のあと私たちは「二次会」と称して二人だけで別の店に流れた。いろいろな話をし、意気投合した私たちはその日からいつも一緒だった。

明るく華やかな志乃をいつも眩しい気持ちで遠くから見ていたが、自分とは住む世界が違う、自分とは無縁の存在だと思っていた。それが偶然、同じ能力《ひみつ》を持っていると知り、私たちの距離は急速に縮まった。社交的で華やかな志乃と物静かで目立たない私。一見、全く共通点のない私たちが常に行動を共にしていることに、学友たちは当然ながら好奇と疑問の目を向けてきた。心無い誹謗中傷を

投げかけてくる者もいたが、志乃は、

「気にしない、気にしない。あいつら、私たちに嫉妬してるだけよ」

と相手にしなかった。

私には志乃がいてくれる。

幼い頃から一人ぼっちだった私には、明るく強く頼もしい志乃の存在がどんなにありがたかったか。あの秘密を共有している限り、私たちの絆は未来永劫崩れない……そう私は信じ切っていた。


私たちが通う大学のキャンパスにも彼らはたびたび姿を現した。

「私、さっき学食で見たよ。ミッチたちのテーブルに座ってた」

中庭のベンチで、志乃がサンドイッチを頬張りながら言う。

「そうなの？」

手に持ったプラスチックのコーヒーカップの蓋を取りながら、私が聞くと、

「隣に幽霊がいるってのに、ミッチったら何も知らずに澄ましてA定食食べてん

の。笑えたわ」

ミッチと呼ばれた椛島美知子《かばしまみちこ》はこの地方一帯を牛耳る椛島財閥の令嬢で、学内で志乃と一、二を争う美女である。常日頃から志乃が美知子を強烈に意識していることは私も知っていた。

「私は志乃ちゃんの方が綺麗だと思うけど」

そう言う私に、志乃は含み笑いをしながら、

「花蓮にだけ教えてあげる。私、幽霊だけじゃなくて、もう一つ見えるものがあるんだ」

これから話そうとすることに絶大な自信があると見え、志乃の顔は輝いていた。

「私ね、生きてる人間の横に、その人の本当の姿が見えるのよ」

「本当の姿？」

「そう。悩みや悲しみを抱えてる人の横には青ざめたその人が見えるし、もうすぐ死にそうな人の横には今にも消えそうに輪郭の曖昧なその人が見える。よく言われるオーラみたいなものかな」

「人の生き死にまで見えると言うの？」

　私はさすがに驚いた。

「一か月くらい前、駅前を歩いていたら、今にも消えそうな影を横に連れた女の人が歩道橋を上っていくのが見えたの。ああ、あの人、もうすぐ死んじゃうんだと思ったら、その人歩道橋から突然身を投げて、運悪く下を通ったトラックに轢かれて本当に死んじゃったのよ」

　すごい。

　この人には私以上の能力があるんだ……そう思うと、自分の持つ力などちっぽけな、ありふれたものに思えてきた。

「もう一つ。嘘をついている人の横には、黒ずんだその人が見えるの」

「まだ見えるものがあるの？」

　続けざまな志乃の自慢話にさすがに辟易しかけた私に、

「ミッチの横にも真っ黒なミッチがいるんだよ」

「ええっ」

「何もかもに恵まれているように見えるけど、親は二人揃って不倫中だし、ネグレクトな母親のせいで子供の頃からばあやに育てられた。男たちは美貌に惹かれて一旦は近づくけれど、プライドの高さと激しすぎる気性に振り回されて、彼らの気持ちはあっという間に冷めてしまう。美しさと育ちの良さに胡坐《あぐら》をかいて自分磨きを全くしてこなかったから、中身も薄いし話もつまらない。いつも男の側から捨てられてるのが実態よ」

なぜそんなことを知っているのか、まるで見てきたように話す志乃に不信感を覚えながらも、

「私はミッチが並みいる男たちを振りまくっているものとばかり思っていたわ」

「それは彼女が自分で言っているだけでしょ。男たちは皆もう彼女の正体はわかっているんだけど、バカバカしいから言わせてるだけ。それに下手に反論でもしようものなら、仕返しも怖いしさ」

確かに美知子なら、何かあれば絶大な権力と財力を持つ父親に泣きつきそうではあった。あることないこと、でっち上げて。

「ミッチの姿は彼女が作り上げた虚像なの。だから横には真っ黒なミッチが見える。まさに黒ミッチだね」

容赦なく悪口をまくしたてる志乃に、私はふと椛島美知子が哀れに思えてきた。

「ねえ、それよりさ」

黙ってしまった私に、志乃がこう言ってきた。

「東西テレビで、珍しくて突出した才能を持っている人材を募集しているの。無名の一般人の中から光り輝く才能を発掘して冠番組を作る企画があるそうよ。私、応募してみようと思っているんだけど」

今の話はそのための前振りだったのかと私は思った。幽霊が見えるばかりか、生きている人間の真実の姿まで見えるとなれば、これ以上の「珍しくて突出した才能」はないだろう。

「へえ、そうなんだ。きっと志乃ちゃんなら採用されるよ。そんな能力持ってる人は日本でも志乃ちゃん一人だろうから」

気のない返事をする私に、

「花蓮も一緒に応募しない？」

「えっ」

それがその日、私が一番驚いたことだった。

「私はダメだよ。テレビに出るなんて、考えたこともないし」

「一人じゃ心細いし、付き添いがてら一緒に来てよ。応募要項もプリントアウトしてあるからさ」

その様子に、私は完全に志乃が私を下に見ていることを思い知った。番組に採用されるのは間違いなく自分であり、私は単なる当て馬でしかない、と。初めて志乃と親しくなったきっかけも、もしかすると志乃が仕組んだ計画のひとつだったのかもしれないという疑惑までが私を支配した。何しろ、志乃にはその人の本性が見えるのだ。隠し続けてきた能力を誰にも打ち明けられず、そのため心を許せる友だちも作れずに孤立しがちだった私の闇が、私の横にいる本当の姿として志乃にはとっくに見えていたのかもしれない。

距離を置いた方がいいのかも……と私は思った。

せっかく知り合えた孤独を癒やしてくれる相手ではあったが、利用されていると感じた瞬間、友情という名の単なる依存が、プラスチックコップの中の濃すぎるブラックコーヒーの苦みと共にざらりと舌に残った。

志乃はオーディションを難なくクリアして、瞬く間にテレビ界のスターとして脚光を浴び、私とは自然に疎遠になっていくだろう。早いか遅いかの違いだけのような気がした。

「いいよ。私も応募してみる」

考えた末OKを出した私に、志乃は飛び上がらんばかりに喜んだ。

「ありがとう！　やっぱり花蓮だ。どっちが採用されても恨みっこなしね」

最初から私など鼻にもかけていない志乃の絶対的な自信を見て、私は逆に安堵したのである。

しかし、人生は予測したようには進行しないものだ。東西テレビの才能発掘オーディションに合格し、来季からスタートする新番組に起用されることになったのは志乃ではなく、この私だったのである。「特殊な才能発掘企画」だけあって、応募者はそれぞれ別の部屋に通され、簡単なテストと個別面接という形で選考は行われた。志乃とも会場の入り口で別れてしまったので、どういう経過で合格の結果がなされたのかは全くわからなかった。

「おめでとうございます。堀田さんにはこれから活躍してもらいますよ」

番組担当プロデューサーに満面の笑みで言われた私は、ことの意外な成り行きに戸惑いながら、最も疑問に思っていたことを思い切って聞いてみた。

「あのう、実はこの企画に応募したのは友人に誘われたからなんです。私はほんの付き添いのつもりで」

プロデューサーは怪訝な顔をする。

「友人というのは遠山志乃さんです。遠山さんは私より数段すごい才能を持っていまして」

「遠山さん……ああ、あの人ね」

プロデューサーは名前を聞いただけですぐに志乃を認知した。

「なぜ私が選ばれたのか、その理由がわからなくて。いえ、嬉しいことは嬉しいんですけど」

「堀田さんはテレビに出て、番組が成功すれば一躍人気スターになれるんですよ」

その言葉に、スポットライトを浴び、満面の笑みを浮かべてカメラに収まる自分の姿が一瞬浮かんだ。

「確かに遠山さんには並外れた能力がありました。ただね、主婦層を主なターゲットにしているこの企画では、視聴者に嫌われる要素を徹底的に除外しなくちゃならないんです」

「どういうことでしょう」

「あまりにも突出した才能はアンチを生むんですよ。特別な才能を持つ人を募集しておいてこんなこと言うのは矛盾していると思われるでしょうが」

「ええ、まあ」

「遠山さんは綺麗すぎるんです。これは堀田さんが綺麗ではないということではありません。あくまでも好感度の話です。あなたの清潔感と清楚なルックスには、見えないものが見えるという才能を裏打ちするだけの圧倒的な説得力がある。遠山さんの派手さだと胡散臭く見えてしまう可能性があるんです」

褒められているのかけなされているのか複雑な思いだったが、総合的に見て私の方が志乃より評価されたということなのだろうか。

「私たちが必ずあなたを次世代のスターにしてみせますよ」

私の気持ちがようやく傾いたと見たプロデューサーは、そう言って私の最後の堤防を難なく押し流したのである。

今回の番組は、あらかじめそれが見える場所に赴き、周辺の聞き込みを元に信憑性のあるエピソードを作って、私が「見えないもの」の正体を解明していくものだという。必ずしも毎回見えなくてもいいし、見えないものの正体がわからなくてもいい、その方が却って真実味がありますから……とプロデューサーが補足した。

「ですからプレッシャーを感じる必要はないんですよ。堀田さんは今まで通り、あくまでも自然体で対象に向き合っていただければ」

場合によっては、除霊師と呼ばれる人物にしかるべき除霊を行ってもらうこともあるらしい。この企画を聞いて、私はこれでは誰が出演したとしても胡散臭くなるのではないかと懸念した。それを伝えると、

「だからこそ、堀田さんのその巫女《みこ》っぽいビジュアルが物を言うんですよ」

物も言いようだと私は感心する。色白ではあるものの、平べったいお餅のような顔面に印象の薄い目鼻が描かれただけの地味な風貌なのに。

「それから先生の芸名は、カレン堀田でいきますんで」

プロデューサーに先生と呼ばれてあっさり舞い上がった私は、勝手に芸名を決められたことにも抵抗できず、ただ無言で頷くばかりだった。

私の心配をよそに、番組は爆発的な人気を博した。初回の特別拡大版こそ一〇%とまずまずの数字だったが、週を重ねるごとに視聴率を伸ばし、一か月後

には二〇％の大台にまで乗る勢いだった。お昼の番組から金曜夜のゴールデンタイムに放映変更もされた。

「先生、すごいですよ、これは」

プロデューサーが満面の笑みで私に擦り寄ってきた。今や先生と呼ばれることにも、街中で声をかけられることにも慣れていた私だ。

「これも先生の清楚で神がかった雰囲気と、見えないものを目を凝らして見る時の何とも言えない可愛い表情のなせる技ですよ。今やサラリーマンに大人気で、金曜の夜は華金《はなきん》ならぬカレ金と言われています。枯れススキ世代がカレン堀田を見る金曜日っていう意味で」

カレン堀田は、私の知らないところでとっくに独り歩きを始めていたのだ。

全国への取材旅行と収録、様々なイベントで多忙を極め、大学に行く時間が極端に減ってしまった私は、思い切って大学を中退し、仕事に専念するべきかとも考えた。が、

「先生にはあくまでも現役大学生でいていただかないと。霊視能力のある女子大生というのが先生の売りなんですから」

というプロデューサーの強い希望で、休学止まりに落ち着くことになった。それでもたまに仕事がない日にはキャンパスに顔を出したりもした。自分はまだ学生なのだという自覚は残っていたし、志乃がどうしているか気になってもいたのだ。

午前中の講義のあと、学食に行ってみると、例によって中央のテーブルを椛島美知子とその取り巻き軍団が占拠していた。周囲に聞こえるような甲高い声で笑い合うそのグループの中に、私は信じられないものを見た。

遠山志乃である。

志乃は私のことなど目にも入らない様子で、美知子の話に耳を傾ける他の取り巻きたちと同じように明るく華やいでいた、何の違和感もなく。

話の合間にふと顔を横に向けた志乃が食堂の入り口に佇む私を間違いなく認識した……と確かに思ったのに、次の瞬間彼女は顔を背け、美知子たちとの談笑に普通に戻っていった。

無視された、とその時私は確かに感じた。しかし、それも無理のないことだ。なぜなら気分が向いて気まぐれにキャンパスに顔を出すと、学生たち（とりわけ新入生らしき女の子たち）は皆「きゃ、カレン先生よ〜カレン先生！」と大騒ぎしてたちまち私を取り囲んだ。サインを求められたことも一度や二度ではない。志乃と疎遠になって寂しさがないとは言えなかったが、そう、志乃が変わったように私の立場も変わっていたから。

複雑で空虚な思いを胸に、私は早々に食堂をあとにした。

そういうことか……。

志乃の要領の良さ、変わり身の早さ、その処世術と適応力を責めるつもりは全くなかった。志乃は何も変わっていないのだ。寄生する相手を私から美知子に替えた、それだけのことなのだろう。

カレン堀田がちやほやされるだけで、素の自分としては大学での居心地が今一つしっくりこなくなってしまった私は、ますます仕事にのめり込むようになっていった。自分の人生が自分のものではないような、現実味のない浮遊感がまとわりつくような日々だったが、と言ってそれが不満だったわけでもない。想像もつかないような金額が毎月出演料として振り込まれるようになっていたからだ。

「あんたにそんな才能があったなんて知らなかったわ。もっと早く言ってくれればば」

取ってつけたように言ってくる母に、私は心の中で悪態をついた——昔から私のことはおばあちゃんに任せっぱなしでろくに面倒も見なかったくせに。

私は、家を出てマンションを借りることにした。そのくらいの収入はすでに得ていたのである。

「時間が不規則になったし、お互い気を遣うのもなんだから」

家族にはそう言って説明したが、それは表向きで、私のお金を当てにするようになってきた母から離れたかったというのが本音である。

「お前がこんな有名人になるなんてな」

兄はそうポツリと言っただけだった。

　マンションでの一人暮らしを始めると、私は自由というものの素晴らしさを味わった。私には溢れるばかりの才能と、輝かしい未来があった。何もかもが自分の思い通りに動いていた。スタートした時には「見えないものを見ます！　霊能透視家は現役女子大生」だった番組名が、二年目に入ると「カレン堀田の第三の目～そこに、あそこに、誰か、いる！」と改題され、時間枠も三十分から一時間へと大幅に拡大してリニューアルされた。視聴者からの透視依頼も引きを切らず、撮影場所をどこにするかに時間と労力を費やしていた初期の苦労はあっという間に過去のものとなっていった。


「先生。次は、I《アイ》県の月《つき》ノ石町《いしまち》に行っていただきたいんですよ」

「月ノ石町？」

「首都圏近郊の鄙びた小さな町ですが、昔から不思議なことが多々起こる場所で。そこの役場から、町の北にある立ち入り禁止の池に何かありそうだから、先生に見てほしいという鑑定依頼が来てまして」

「立ち入り禁止の池？」

「その池を埋め立てて大規模なショッピングモールを建設する案が挙がっているそうなんですが、何かあるとあとあと面倒だから、池を埋める前に先生に透視してほしいということなんです」

これは結構面白い企画になるのでは……と私は思った。今まで訪れたのは、普通の人家や学校の裏庭、交差点や開かずの踏切などで、今回のような埋め立て予定の池は初めてだった。しかもその池には昔から不思議な言い伝えが残り、不可解な出来事が多発している地域だという。

「月ノ石町としては開発前にうちの番組で話題を作って、そのあとショッピングモール建設に着手しようということらしいんですよ。テレビ番組を名目にした町《まち》興《おこ》しの一環ですね」

翌週、私は撮影隊と共に、ロケバスでI県月ノ石町に入った。そこは予想以上に辺鄙な、昼間のうちから黄昏《たそが》れているような町だった。海岸沿いに月ノ石駅という町名と同じ名の小さな無人駅があったが、ある不可解な事件のあと、ついに廃駅になったという。

　役場の担当者との挨拶のあと、私たちは役場に隣接した月ノ石資料館にあるカフェで打ち合わせをすることになった。「月ノ石カフェ」とは名ばかりの自動販売機が置いてあるだけの休憩コーナーだったが。

「ここにショッピングモールなんて作って、果たしてお客が来るのかしら」

「だからうちの番組で宣伝するんですよ」

　プロデューサーは明言こそしなかったが、もしかすると月ノ石町から何らかの金品をもらっているのかもしれないと私は勘繰った。

　番組のスタッフたちが役場の担当と池を撮影する際の注意事項などを話している間、私はカフェの一角で一人でコーヒーを飲んでいた。ふと窓の外を見ると、駐車場に見覚えのある黄色い花が咲いている。

　モッコウバラ……。

　子供の頃、祖母の家でよく見たあの懐かしいモッコウバラの花が駐車場のフェンスに絡まりながら、その蔓を縦横に伸ばしている。祖母の家が取り壊され、佇むべきモッコウバラを失ったあの女性は、今頃どこかに新しい出現場所を見つけられているのだろうか？

私が一瞬、物思いに捕らわれたその時、

「あらっ、花蓮、花蓮じゃない？」

聞き覚えのある声に振り向くと、そこにいたのはなんと遠山志乃だった。

モッコウバラの花色にも似たイエローのパンツスーツを軽快に着こなし、とても生き生きとした様子だ。今や私の方が有名人となり、圧倒的に私の方が輝いているはずなのに、なぜか志乃に気後れしている自分を私は意識した。思えばオーディションで私が選ばれ、東西テレビの番組の顔に抜擢されてから、志乃とは長い間個人的に会っていない。

「久しぶり」

「本当に」

私たちは何食わぬ顔で型通りの挨拶を交わした。

「ずいぶん会っていなかったよね」

「あれから忙しくなっちゃって」

「そうだよねえ。花蓮、あっという間に人気者になっちゃったから」

卑屈さなど微塵も感じさせずに、志乃が私を大袈裟なまでに褒め称える。

「ところで志乃ちゃんは今どうしているの？　私は留年決定だけど、志乃ちゃんは来年卒業でしょ」

二人の間に存在しているはずの気まずさを払拭するべく、私は話題を志乃に振った。

「うん。今は卒論に追われつつ、ある出版社でバイトしてるんだ」

「へえ、すごいじゃない」

「ほら私って、前から人間の隠された裏の顔を暴くのが得意だったじゃない？　今の会社で経験を積んで将来は記者になりたいんだ」

ライバルであった椛島美知子の真実の姿を、志乃が言い当てていたことを私は思い出した。

「それより」

いつの間にか志乃は、カフェテーブルの私の席の横に座っていた。

「駐車場にあるモッコウバラの木……あの横におかしな女の人が立ってるよね」

志乃には見えていたのか。あの頃の志乃と自分に会えたような気がして、私は嬉しくなった。

「やっぱり志乃ちゃんにも見えてたんだ。あの女の人、何だか昔、おばあちゃんちにあったモッコウバラの木の下によく来てた女の人に似てるなと思ってたのよ」

すると、志乃は何かを考えるようにじぃっと私の顔を見つめた。私は（その時点では）特に気にもならず、

「そうだ、聞き忘れたけど、志乃ちゃんは月ノ石町に何しに来たの？　こんな場所で会うなんて偶然すぎる」

「偶然じゃないわ」

志乃は目を落とし、ゆっくりとこう口を開いた。

「本当に運命ってわからないものよね。さっき、このカフェにいる花蓮を見た時、私本当に嬉しかったんだ。あんなにいつも一緒にいたのに、オーディション以来

私は避けられていたから」

志乃の意外な言い分に私は驚いた。避けていたのは志乃の方ではなかったか。カレン堀田として有名人になってからも気まぐれに数回訪れたキャンパスで何度か志乃を見かけたが、志乃は私を無視した（と私は感じた）……しかし正直に言おう。今にして考えると、私の方が彼女を無視していたのかもしれない。

「すぐに声をかけようと思ったんだけど、私思わず足が竦んじゃって。だって花蓮の横に黒い花蓮がいたんだもの」

私の目の瞳孔は多分最大限に開き切っていただろう。

「黒い私……ですって？」

「仲良くしてた頃にはそんなこと一度もなかった。いつも花蓮の横には花蓮と同じ花蓮がいた」

「ちょっとおかしいわよ、志乃ちゃん何を言ってるの？」

額に冷たい汗が滲む。テーブルの下で握りしめた右手がぶるぶると震える。

「現に今も、花蓮の横には真っ黒な花蓮がいる」

咄嗟に言葉を返すことができないほど私は動揺していた。いや動揺などという生易しいものではない。それは絶望だった。

「もう、見えてないんでしょ？」

志乃の言葉は決定打として、私を打ちのめした。なぜこんな場所で、よりによって遠山志乃に会わなければならなかったのだろう。激しいめまいにふらつく体を何とか支えながら私はなおも反撃を試みた。

「でもさっきモッコウバラのところに女の人がいるの、お互いに見えたじゃない。志乃ちゃんも女の人がいるって言ったでしょ？」

するると志乃は大きく頷きながら、

「やっぱり見えてなかったのね。モッコウバラの横にいるのは女の人じゃなくて年配の男の人よ。数年前に駐車場に停めた車の中で練炭自殺した人。これは確認もとれてるわ。私はあなたを試したのよ。そしたらあなたは見えてもいない女の人がいると、私の話に合わせてきた。本当に見えているのなら、モッコウバラのところにいるのは男の人だと反論したはず。あなたはもう、普通の人には見えないものを見る能力を失っていたのね」
目の前の景色がガラガラと音を立てて崩れ始めた。
「私は祈った。あなたの横にいる黒い花蓮がどうか嘘でありますようにと。私の見間違いでありますようにと。何度も何度も目を閉じては、目を開いて、あなたを見た。でも、あなたの横にいるのはやっぱり真っ黒な花蓮だったの」

そうなのだ。

志乃の言う通り、番組が始まって私の名前が世間に知れ渡り、名声を得るようになるにつれ、私の見える力は急速に衰えていった。神秘と我欲が相容れないトレードオフの関係ででもあるかのように……それまでの経験を活かして、何とか誤魔化しながら仕事を続けることはできた。何しろ私の言っていることが本当かどうか、番組スタッフにも視聴者にも証明する手立てはないのだから。しかし、こんなことがいつまで続けられるのか、私はいつも薄い氷の橋を渡るような気持ちで撮影を続けていた。突然氷が溶けて橋が崩れ落ち、悲鳴も上げられずに転落していく自分の姿を夢に見たことさえある。それは底知れない恐怖だった。

嘲笑、非難、怒号……そして、そのあとに訪れるだろう圧倒的な孤独。堕ちた先に何があるのか、私は怯えながらそれらに目を瞑り、見ないようにして生きていたのだった。

唇を噛みしめて沈黙する私に、志乃は言った。

「私が月ノ石へ来たのはバイトしてる出版社の取材のためよ。特集企画を先輩と一緒に担当することになった。企画のテーマは、《あの有名人の嘘を暴け》。この企画が成功したら、正社員として正式に採用されることが決まっているの」

何ということだろう、志乃は初めから私を取材するために、ここ月ノ石まで追ってきていたのだった。私の嘘を暴き、その真実の姿を世間に晒す、週刊誌記者としての使命を帯びて。激しい後悔の渦が私を完全に支配しようとした時、駐車場のモッコウバラの木の横に、私は懐かしいある人の姿を見た。

おばあちゃん！

その顔は笑っているようでもあり、泣いているようでもあった。

私の顔も泣き笑いになっていただろう。モッコウバラの花言葉が甦る――それは《幼い頃の幸せな時間》だ。

おばあちゃん……私はその面影にもう一度呼びかける。

私、私、黙っていれば良かったね。

バラ色の人生

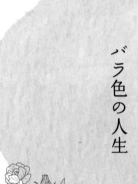

その日は早朝こそ曇っていたものの、家を出る頃にはいわゆる秋晴れとも言うべき素晴らしい晴天に恵まれた日になりました。

私は母を連れ、駒込にある旧古河庭園までやってきました。

今は自宅療養とはいえ、ここ数年手術と入退院を繰り返し、密かに余命宣告まで受けている母。「疲れさせたくない」という気持ちはありましたが、「どうしても満開の薔薇の花を見たい」という母の望みを、できる限り叶えてあげたいとも思っていたのです。

母は花が好きでした。駐車場の脇のほんの猫の額ほどのスペースに、母は煉瓦のブロックを組み、小さな花壇を作っていました。そこには春夏秋冬、様々な花が咲き乱れ、一時として途絶えることがありませんでした。

春は地植えにした沈丁花が甘い香りを放ち、夏はミニ向日葵の軍団が明るい黄色の顔を一斉に太陽に向け、秋にはコスモスが儚げに風に揺れ、厳寒の冬にさえクリスマスローズが雪の下から顔を出す……私はただ「綺麗だなあ」と思いながら見るだけでしたが、母の、花への思いと情熱を、幼い頃から十分に感じ取っていました。

そんな母が最も愛した花が薔薇です。

私の名前である《薔子《しょうこ》》も薔薇から一字を採ったものでした。音だけだと平凡な名前ですが、漢字を見るとその珍しさに皆その謂れ《いわ》を聞いてきます。子供の頃は難しい漢字とその画数に辟易しましたが、成長するにつれ、母がつけてくれたこの名前が大好きになりました。

「華やかで優雅な名前ね」と言われたりすることも嬉しかった。

「疲れない？」

駒込駅から旧古河庭園までは少し歩きます。母の顔色を見ながら気遣う私に、

「何だか今日は気分がいいよ。やっぱり家に籠りきりでいるより、たまにはこうして外の空気を吸うべきだわねぇ」

と、ここ数年の体調不良を感じさせない弾んだ声で言いました。

来年もこうして一緒に来られるかどうかわからない……しかし薔薇園の中で薔薇の花に囲まれ何枚か写真も撮ったりしていると、母の病気が現実から遠いものに思えてきます。せめてここにいる時間くらいは思い切り楽しもうと、私も腹を括《くく》りました。

旧古河庭園は春と秋にローズフェスティバルと称して咲き誇る薔薇の花と、それに関連したジャムやアクセサリーなどの土産物を販売しています。私が秋生まれということもあって、とりわけ秋の薔薇フェスは毎年欠かさず母と一緒に足を運んできました。

まるで貴婦人が住んでいるようなレンガ造りの瀟洒《しょうしゃ》な洋館の前庭に、赤、白、ピンク、オレンジ、黄色……今年も色とりどりの丹精込めた薔薇の花が咲き誇り、

芳しい香りをまき散らしています。圧巻の薔薇たちの姿を見るたびに、私に薔子という名前をつけてくれた母への感謝の気持ちでいっぱいになるのでした。

「どんな薬より、私には薔薇の花の香りが効くようよ」

一番好きなサムライという名前の紅薔薇を見つけて嬉しそうな母。

私たちはひとしきり薔薇の花を観賞してから、庭園に設置されているガーデンチェアに腰を下ろしました。私の子供時代のことから、小学校、中学、高校、そして父が亡くなったあと、女手一つで私を大学まで出してくれた母の思い出話は、今まで何度も聞いてきたものもあれば、初めて聞かされるものもありました。

いつも聞く話の方は何度聞いても温かく懐かしく、私は母の愛に包まれてここまでこられたのだという思いに改めて気づくことができましたし、また初めて聞くエピソードには、

「え～、お母さん、そんなことあったの？　知らなかった。なんでもっと早く教えてくれなかったの？」

と笑って拗ねながら、私も知らなかった自分の新しい一面に会えたような気に

もなりました。

母の語る「私」が、他の誰が見る「私」よりも、本当の「私」に一番近い……素直にそう信じることができたのです。そして昔話を続ける母の横顔を見つめながら、「どうか、母を助けて下さい。母を死なせないで。私から母を奪わないで下さい」と、強く、強く、神様に願ったのでした。

時は過ぎ、また秋がやってきました。

一年が経つのは本当に早いものです。

人生にとって重大な出来事に見舞われ、心身をそのことに完全に奪われてしまったような年には、時の流れは止まってしまうものなのだ。そして、今はいったい春なのか秋なのかすらわからなくなってしまうものなのだとわたしは初めて知りました。

わたしの毎日は慟哭と共にありました。

外の世界で何が起ころうが、たとえ知らないうちに地球が消滅していようが、一向にかまわない……そんな心境でいたのです。自分の体内にこんなにも涙を製造する力が残っていたことにだけ純粋な驚きを覚えました。あとはひたすら悲しみに打ちひしがれ、運命の過酷さを呪うことだけに費やしていたのです。

たった一つの後悔に苛まれながら。

夜になっても灯りをつけず、朝になってもカーテンすら開けない暮らしが続いたある日、家のチャイムがピンポンとなりました。それは唐突でありながら、まるであらかじめ約束されたことのようでもありました。

わたしはよろよろと起き上がって、玄関へと重い足を運びました。ガラガラと引き戸を開けると、暗い家に籠っていた私の目には明るすぎる外光を背に、一人の男性が立っていました。それが誰なのか、わたしにはもうわかっていたように思います。

「邦彦さん」

「すみません、朝早くに」

やはり邦彦さんだった。わたしは邦彦さんの顔を見た瞬間、思わずわっと泣き伏してしまいました。

「大丈夫ですか。葬儀の日以来お会いしていないので、どうしているかと」

そうなのです。

重い病で明日をも知れない命だったわたしは、セカンドオピニオンで訪れた病院の最先端医療の甲斐あって奇跡的に癌細胞が激減、今はひと月に一度の抗がん剤治療が効き、ほとんど寛解であると、お医者様が太鼓判を押して下さるまでに回復していました。

これで今年も薔子と一緒に旧古河庭園の薔薇を見に行ける……そう思った矢先の去年の暮れ、何の前触れもなく突然襲ったクモ膜下出血で、薔子は二十九歳の若い命をあっけなく散らせてしまったのです。

その時の絶望は今でもわたしを突き刺してくる。残酷すぎる運命のいたずらに対する怒りと悲しみを表現する言葉を、私は未来永劫見つけることはできないでしょう。

なぜ、どうして薔子が……?

神様がいらっしゃる場所へ行くのは断じて薔子ではなく、このわたしだったはずです。どうして薔子が先に、こんなにも突然逝かなくてはならなかったのか。

薔子にはこれからバラ色の人生が待っているはずだった。いつか邦彦さんと薔子に子供ができたら、一緒に薔薇を見に出かけたり、薔薇を育てたりもしたい。神様から命を延ばしていただいたわたしの余生も、バラ色だったはずです。身もだえするほど理不尽な成り行きと人生の不可解さ残酷さに、わたしはどうやって気持ちの整理をつければいいのか、進むべき道を見失っていました。

「邦彦さん聞いて下さい。去年薔子とバラ園に行った日、わたしは自分の病気の回復しか神様にお願いしなかったんです。治療の苦しさ、ひとり娘を残して逝くわが身の辛さに、わたしは自分のことしか考えていなかった」

娘の婚約者だった邦彦さんにすがるように、わたしは嗚咽を繰り返しました。

「せめてあの子の健康と、あの子の幸せも祈るべきだった。愚かなわたしには自分しか見えていなかったの」

「お母さん、それは違うと僕は思いますよ」

邦彦さんは泣きじゃくるわたしの肩にそっと手を当て、

「薔子さんはいつだって母がいなくなるなんて考えられない、母のいない世界では生きられないと言っていました。そんな彼女のことを誰よりもわかっていたからこそ、薔子さんのために元気になろう、生きようと、お母さんは必死に祈られたのではないですか？」

涙でゆがむわたしの目に、邦彦さんの持ってきてくれた、薔子が一番好きだったイブピアッチェの濃いピンク色の花束が、微笑む薔子の顔と重なって見えました。

薔薇のしげみ

「君の名前って変わってるよね。何か謂《いわ》れでもあるの？」

初めて二人きりで過ごした夜、峰岸《みねぎし》がこう聞いてきたのを乃恵美《のえみ》は今でもよく覚えている。初回にしては上々のメイクラブのあと、二人してホテルのベッドで微睡《まどろ》んでいる時だった。

「え？」

連日の残業のせいか抗いがたい睡魔に襲われ、こともあろうに峰岸の横で本当に寝落ちしそうになっていたのだ。

「君の名前だよ。ノエミってなかなかない名前だなと思って」

「ああ」

またその話か。今まで何度、この名前について聞かれたことだろう。そのたびに同じ話をすることに乃恵美は辟易している。

「あまり素敵な話にはならないと思うけど」

乃恵美はこう前置きして話し始める。

「私には二歳上の姉がいるのね」

できるだけ物語風になるように乃恵美は考える。ほんの少しの悲劇的要素を加え、相手の同情を引くのだ。男は同情と愛情の区別ができない。同情した分だけ愛情が深まったと、彼らは錯覚する。何しろ相手は峰岸吾郎。ここ数年の相手の中では最もマトモ、かつ本命視している男だった。何としてでも彼を手に入れるため、あらゆる手段を使うことを乃恵美は自分に許した、最初の晩に。

「姉が生まれた時、フランスかぶれの母が藻奈美《もなみ》と名付けたのね。お腹にいるのが女の子だとわかった瞬間から母は舞い上がり、女の子が生まれたら絶対に付けようと思っていたモナミという名前を付けたってわけ」

「君に似てお姉さんも綺麗なんだろうね」

「藻奈美はフランス語で mon amie（モナミィ）。私の友人、私の恋人なんていう意味よ」

「で、君の名前の方はどんな意味？」

峰岸に姉の話は退屈らしい。

「私のは単なる語呂合わせ。姉がモナミだから、類似した名前ってことでノエミにしただけよ。チエミでもナオミでも何でも良かったみたいだし」

そう、そうなんだ。それは名前に限った話ではない。母にとっては姉だけが自分の娘、自分の分身、自分の生き甲斐……私はただのオマケ。雑誌の付録みたいなもの。「これ便利じゃない」と最初だけ何度か使っていつの間にかどこかへ行ってしまい、その存在すら忘れられて、別の代用品に取って代わられるエコバッグのようなものだ。

「俺は好きだな、君の名前。フランス人の彼女がいるみたいに思えてさ。それにモナミよりノエミの方が洒落てるよ」

峰岸は暢気にそう言って頭の後ろで腕を組み、天井を向く。「モナミよりノエミが好き」と言ったということは、もしや姉への長年のコンプレックスを見抜かれたかと、乃恵美はこっそり峰岸の顔色を窺った。そして即座にそんな自分を嫌悪する。姉の話が出るたびに過剰反応してしまう自分を乃恵美は持て余しているのだ。

姉とはここ三年ほど会っていない。姉に二人目の子供が生まれた時に、形ばかりのお見舞いに病院に行った時が最後だった。本当は行きたくなかったが、母に詰め寄られ、断る口実を見つけることができないまま、母と共に産院を訪れた。身内のお祝い事、一大事には家族揃って出向くのが当たり前だという確固たる認識が彼女《はは》にはある。

「ねえ、あんたもそろそろ……誰かいい人はいないの?」

病院からの帰り道、例によって母は乃恵美にここぞとばかりに結婚をほのめかしてきた。

「またその話?」

あからさまな不快感を隠しもせずに乃恵美が言うと、「たまにしか顔を見せないんだから、会った時に言うしかないでしょう。三十過ぎたら女の価値はぐっと下がるのよ」

どこかで聞いてきたようなことをこれ見よがしに振りかざす母にうんざりしながら、

「どうしてこの人は私が心から嬉しいと思うようなことを言わないのだろう?」

「なぜいつも心のササクレをさらにむしるようなことしか言わないのだろう?」

と、乃恵美は本気で思う。二十九歳の誕生日を迎えたばかりだが、もちろん色恋の一つや二つなかったわけではない。世間一般の基準から見ればかなりモテた方ではないか。

初めてのキスが小学校四年、初めてのセックスが中学二年。早熟でありつつ飽きっぽいので、男たちは次から次へと乃恵美の体を通り過ぎていった。女の乃恵美より男の子たちの方が乃恵美に熱を上げて執着し、ストーカーまがいの追いかけられ方をしたことも何度もある。

「二十代のうちに手を打つのが得策というものよ。二十と三十ではまるで意味が違うの。たった一歳でもね。実は恵比寿の芳子《よしこ》姉さんがちょっといい話を持ってきてくれてるんだけど、会うだけ会ってみない？」

訳知り顔に説教を垂れてくる母に「ちょっとこれから用事があるから」と言って乃恵美は早々に別れを告げ、その時キープしていたセフレの一人を呼びつけてホテルで憂さを晴らした。すでに峰岸と付き合ってはいたのだが、急な呼び出しを彼は極端に嫌う。しかたなく別の男で済ませたが、やはり峰岸には及ぶべくもなく乃恵美は却って孤独に身を苛まれることになった。

二十五歳の時に付き合い始めた峰岸とも、かれこれ四年になる。

乃恵美が峰岸と不倫関係になったちょうど同じ二十五歳で、姉の藻奈美は勤務先のエリート社員と職場結婚。その時点で退職し、二十八歳で第一子の女の子を、そして三十二歳で第二子となる男の子を出産と、順調に人生のタスクを消化していた。

子育ての傍《かたわ》ら元々の趣味であったフラワーアレンジメントの講師資格を取得し、夫と共に住む二子玉川の高級マンションの一室でフラワーアレンジメント教室を開いて活況である。口コミで生徒も増え、マメに更新するセンス溢れるSNSのフォロワー数が飛躍的に増加したこともあり、先日は『素敵なマダム』という婦人誌の巻頭グラビア「輝く女性たち」の取材も受けた。しかもグラビアに登場した五名の女性たちの中で一番扱いが大きく、また写真写りも一番良かったと、これまた母が歓喜の絶頂で乃恵美に連絡をしてきた。

姉の晴れ姿など見たくはなかったが、やはり気になる。乃恵美はコンビニでこっそりその雑誌を買い求めた。中表紙を開くと、そこには生徒と思われる上流階級風の奥様方に囲まれて、満面の笑みでこちらを向いている姉のアップの顔があった。背景には、その生活が裕福かつ幸福であることが一目で見て取れる家具や壁紙が映し出されており、「ここが女の最終到達点」というメッセージがこれでもかというほど伝わってくる。

《あんたが私に勝つことは一生ないのよ》

見開き二ページのカラーグラビアが、姉の高らかな笑い声と共にそう言い放っているように思え、乃恵美はコンビニの駐車場で胃の中のものを残らず吐いた。

しかし姉のことを人間として嫌いなのかというと、決してそういうわけではないのだ。もし藻奈美が自分の姉ではなく、どこか別の家の知らない人間であったなら、何も問題はなかった。それならそれで、女性誌で藻奈美を見たとしても、「あら、素敵な奥さん」くらいにしか感じなかっただろう。問題は藻奈美が自分の実の姉であり、自分より間違いなく優れており、親の愛情（特に母親の）を一身に集めており、夫と子供を手に入れていることなのだ。

「一人っ子だったら」

何度そう思ったことか。そうしたら私に嫌みばかり言ってくる母も、きっと「乃恵美ちゃん、乃恵美ちゃん」と可愛がってくれていただろう。

以前ラジオの人生相談コーナーでリスナーからのこんな相談が紹介されていた。

私には出来の良い姉がいます。彼女は美しく高身長で、しかも高学歴。性格も明朗快活で誰からも好かれます。私の容姿は人並みか、それより少し下だと思います。加えて頭脳も明晰とは言い難い。自分でもトロいと思いますが、私がそこに気づく前に人から言われる方が多かった。だからトロいってことなんですよね（笑）。性格も引っ込み思案で、すぐに人を妬んだりします。子供の頃から両親の愛は姉に集中しており、私は苦しい思いをしてきました。いっそのこと整形手術を受けようかとも思っています。顔だけ綺麗になっても母の愛が手に入るとは限りませんが、頭がダメならせめて顔だけでもと思うんです。やれるだけやってそれでも母が振り向いてくれないのなら諦めもつきます。ですが、今のままではとてもやり切れません。私は整形手術を受けて美しく生まれ変わるべきでしょうか？

これを聞きながら、乃恵美は自分の胸元のあたりに何かが夥しく滴り落ちているのに気づいた。それを手で受け止め、そして知った。自分は泣いていたのだった。

世の中には母親の愛を知らずに生まれ、また得られないまま育った子供が、私以外にもいるのだ。きっと勇気を振り絞ってラジオに投稿してきたこの女性以外にも、何万、何十万、何百万もの人たちが、親の愛を求めて苦しんできている……。両親の愛を受けられなかった子供は、家庭の外に居場所を探すと、これもどこかで読んだ。非行に走ってスリルに身を投じたり、男たちと束の間の快楽をむさぼることで、一瞬でも自分がbeloved childrenではなかったことを忘れたいのだ。

人は愛なしには生きていけない生き物——ここまで考えて、乃恵美は激しくかぶりを振る。いけない、いけない、これではいつもの堂々巡りにあっという間にはまってしまう。ネガティブな感情は、いつでもすぐ隣にいて、隙あらば乃恵美の心に滑り込もうとチャンスを窺っているのだ。

「悪いけど、今日は入れてやらないよ」

乃恵美は長年の相棒であるネガティブフレンドを強引に横に押しやった。なぜなら今夜は峰岸との久しぶりのデートだからである。

会社では顔を合わせていたが、二人だけで会うのは二週間ぶりだった。付き合い始めなら不満も不安も持っただろうが、もう四年になる間柄の男女にはある種の安定感ができていて、多少のご無沙汰も却っていいスパイスになったりする。

自社ビル地下のパウダールームで、念入りに化粧直しをし、携帯サイズのドライヤーでセミロングの髪をブローする。あとで峰岸に滅茶苦茶に乱されてしまうことを想像するだけで、丹田の下あたりが熱くうずいた。時間をかけて整えた美しさを愛する男に崩される瞬間にこそ、女の準備のし甲斐もあるというものだ。乃恵美はほくそ笑み、今日の誘いは多分前々から約束していた夏の小旅行の打ち合わせだろうと浮かれる気持ちで予測を立てた。

約束の日比谷のPホテルにタクシーで乗りつけると、ロビー奥のソファに峰岸はすでに腰を下ろしている。乃恵美は敢えて気づかぬふりをして峰岸の前を通り過ぎた。

「ちょっと」

目ざとく乃恵美に気づいた峰岸がすかさず乃恵美の花柄のスカートを掴む。

「あら。もういらしてたの」

乃恵美は余裕の笑顔を見せながら、峰岸の隣に腰を下ろした。

「お待たせしてごめんなさい」

「僕も今来たところだ」

峰岸がすぐに立ち上がる。どうやら彼もこの日を待ち焦がれていたようだ。食事もせずに予約した階上のホテルルームに直行するつもりなのかもしれない。が、乃恵美が峰岸に連れて行かれたのは、ロビーに直結する喫茶スペースだった。

「来てくれてありがとう」

妙に他人行儀な切り出し方を峰岸がする。

「今日は君に大事な話があって」

「なあに？」

無邪気を装って聞いてみるが、その胸は早鐘のように鳴っていた。「大事な話がある」と言われて悪い話しか思い浮かばないのは不倫のセオリーだ。

「実は、女房が妊娠八か月なんだ」

峰岸が一気に言った。

「えっ」

いったい何が起こったのか、混乱する前に思考が停止する。

「今八か月の終わりだから、九月初めには子供が生まれる。俺たちの旅行の予定とはぶつからないんだが、家内には早産の傾向があるから、もしかしたら早めに産気づくかもしれなくて」

いよいよ意味がわからなくなる。彼の奥さんが今現在妊娠していて、二か月後に子供を産む？　私とこうして会っている最中にも、峰岸が植えつけた彼の子供が、彼の妻の子宮内で日一日と大きくなっていっているというのか。

「ちょっと、ちょっと待って。どういうこと？　意味がわからないんだけど」

乃恵美が言うと、

「そのままの意味さ」

それまで慎重に言葉を選びながら話していた峰岸が、突然開き直ったような口調になった。

「出産の時には俺がついていないとウチのやつ、不安だって言うんで」

「確かお子さんは三人いるんだったわよね？」

「ああ、今度は四人目だ」

そう言った峰岸の表情には、明らかに新しく誕生する子供への期待と喜びが浮かんでいた。その頬の緩みに自分でも気づいたのか、峰岸はわざとらしい咳払いをしてから、

「出産の前後はカミさんの精神状態がアンバランスになるんだ。一か月、いや少なくとも二か月か三か月はそばにいてやりたい」

女房、家内、ウチのやつ、カミさん……峰岸は妻のことを実に四種類もの呼称で言い表した。どれもこれも陽の当たる場所に咲く花の呼び名だ。

「まさか忘れたわけじゃないでしょう？　二年前のこと」

ここでこんな話は持ち出したくないと思いながら、手段を選んでいる場合ではない。

「三か月だったのよ。私は産みたかった。でもあなたが今回だけは諦めてくれ、奥さんが三人の子育てでノイローゼ気味だから今は離婚を切り出せないと」

「覚えているよ」

「私は泣く泣く子供を諦めたというのに、三人の子育てでいっぱいいっぱいなはずの奥さんは、さらにもう一人子供を産むと言うの?」

あの時の惨めで悲しい気持ちが再び津波のように押し寄せ、思わず嗚咽が漏れそうになるのを乃恵美は必死でこらえる。峰岸は押し黙ったままだ。籠城《ろうじょう》を決め込んだ男の鉄壁の門を開くことが容易でないことを嫌というほど知っていた。

「理解できないわ、全然解せない。子供が増えればそれだけ責任も増えて、ますます離婚しにくくなるって、誰だってわかりそうなものじゃない」

つい峰岸を責める言い方になってしまう。相手が勤務先の社長であり、自分がそこの従業員であることなど、男と女の間では何の意味もなさない。

「君の言う通りだよ。離婚は難しくなった」

目の前の風景がものすごいスピードで乃恵美から遠ざかる。周囲のざわめきも音量をオフにしたように急速に聞こえなくなる。何も見えず、何も聞こえない世界に乃恵美だけが取り残されたようだった。

「まさかこれ、別れ話じゃないわよね？」

隣のテーブルにいた品の良いご婦人方のグループが、乃恵美と峰岸のただならぬ雰囲気を察し、こちらをチラチラ見ながら聞き耳を立てているのがわかったが、この際他人など構っている場合ではない。

「そのまさかだよ」

乃恵美の体がぶるぶると震える。さっきからカチカチと安物の時計のような耳障りな音が聞こえていたが、それは乃恵美自身の歯の鳴る音であった。厳寒のスキー場で、あまりの寒さに歯の根が合わず、カチカチと音を立てたことがあったが、ある意味今はあの時以上に寒かった。

「待ってよ。じゃあ、この私はどうなるの？　あなたの子供を産みこそしなかったけれど、この体に宿した女よ」

「実はあの二年前のことについて僕は当時から疑問視していてね。君に僕以外にも会っている男が複数いたことは知っている。だから」

峰岸は一息ついてから、

「本当に僕の子だったのかどうか」

どこをどう歩いて、または何に乗って自宅まで帰ったのかわからなかった。足元の地面がぐらぐらと揺れ、一寸先には大きな底なしの穴がパックリと口を開けていて、乃恵美が落ちるのを待ち受けているようだった。峰岸と峰岸の妻が肉体的に愛し合っていたという事実は、衝撃と言うよりむしろ意外なことであった。まだ峰岸が乃恵美に夢中だった頃、この男に惚れられているという確信が生む自信から何気なく聞いたことがある。

「社長の奥さんって、どんな人なんですか？」

峰岸はさもつまらないという風に、

「どんなって、君とは全然違うよ」

「どこがどんな風に違うの？」

ひとたび聞いたら洗いざらい聞かずにはいられなくなる。自分自身が仕掛けた罠に、乃恵美は自ら嵌《はま》った形になった。

「君のような温かさはどこにもない女だよ彼女は。心も体も永久凍土のような女だ」

それを聞いて乃恵美は少しも喜んでいない自分を意識した。永久凍土のような女などと言われたら世界中の女が一瞬で凍りつくだろう。仮にも妻として共に暮らす女性にそのような形容をする峰岸の冷淡さに背筋が冷たくなりながら、乃恵美はその夜いつも以上に熱く大胆に峰岸の要求に応えた。

「君のここ、何かの植物の茂みのようだね」

たった今地上の楽園から戻ってきたばかりの乃恵美のデルタゾーンを峰岸が執拗にまさぐる。

「奥さんが永久凍土なら、私は何？」

再び燃え上がりそうになる秘密の茂みの甘やかな感覚に酔いながら聞くと、

「そうだな」

指の動きを止めることなく、峰岸が考える風をする。

「野生、自由、自然の息吹と灼熱の大地……それでいて都会の香りのするアフリカ大陸のどこか……うん、そうだ。ケニアのナイロビにあるバラ園てところかな。乃恵美のここは灼熱の国で咲き誇るバラの茂みだよ」

新種のバラの苗を買い付けるため、ケニアの首都ナイロビに出張滞在した時の話は既に何度も峰岸から聞いていた。同じ話を複数回するということはその話を気に入っている証拠である。多分、永久凍土である妻（四人目の子供を孕んでいる永久凍土ではあったが）に話してはいないのだろう。

ナイロビのバラ園で見つけた何とも言えない色の新品種のバラは、峰岸の心を一瞬で掴んだようで、交渉役を介して取引を成立させ、いち早く日本の花市場での販売に漕ぎつけた。

あの卓越した交渉力を持ってすれば、たかが女の一人と離婚することぐらいたやすいことではないのかと乃恵美はいぶかしむ。

「そのバラの色はね、ピンクとひとことでは括れない、複雑でエロチックな色なんだ。ケニアの夕暮れの空のようでもあり、朝焼けの空のようでもある。昼と夜、朝と昼の狭間が絶妙に交じり合う、時間と官能のグラデーションなんだ」

熱弁をふるう峰岸をうっとりとした目で眺めながら、そのバラの名前が「サマータイム」だったことも乃恵美は思い出す。

「君のバラの茂みの中に、俺の渇きを癒やす秘密の泉がある。その泉の周囲に咲くバラはサマータイムより蠱惑的《こわくてき》で隠微《いんび》なピンク色」

思えばあの頃が二人の真の意味での蜜月《サマータイム》だった。が、一番いい季節というのは長くは続かないものだ。恋には賞味期限がある。年月が作り上げる二人の歴史は一定の防腐剤にはなっても、スパイスにはなりえない。腐りはしないが、刺激もなくなる。だから防腐剤さえ効かなくなる前に手を打って何とか結婚に持ち込み、社長夫人の座も同時に手に入れたいと算段していたというのに、二年前に乃恵美が仕掛けたトラップはあっさり外されてしまった。

さてどうするか……。

ずっと前、たまたま手に取った本にこんなことが書いてあった。

あなたは道を歩いています。

するとあなたの目の前に、綺麗なバラの茂みが現れました。

その茂みの中には、あなたが本当に欲しい「ある物」が眠っています。

茂みの中に手を差し込んで、その「ある物」を取ろうとすれば、バラの鋭い棘があなたの腕を刺し、血も出るでしょうし痛みも伴う。

それでもあなたはバラの茂みに手を入れて「ある物」を手に入れたいですか？

それとも見て見ぬふりをして、綺麗なバラを眺めるだけにして通り過ぎるでしょうか？


私にとって、バラの茂みの中に眠る、その「ある物」とは何だろう？

今まさに私の前から去ろうとしている峰岸か？

「まさか」

乃恵美は首を振る。

確かに峰岸吾郎は、極上の《欲しい物》ではあった、二年前までは。中小企業ではあるがオーナー社長だし、顔もスタイルも人並み以上、年は少々食ってはいるが、夜のスタミナも驚くほどだ。出身大学こそ必ずしも一流とは言えないものの、男としての仕事力は申し分なく、英語とフランス語の二か国語に精通している。人脈も広く、巧まずして人が集まってくる生来の吸引力のようなものが備わってもいた。そのスペックはあたりを見渡してもなかなか見当たらなかったし、これからも現れそうになかった。

しかし、その男は今や「妻の妊娠を理由に長年の不倫相手を切ろうとしている、ただの薄汚い中年男」と化してしまった。バラの茂みからはとっくに消えているオワコンだ。

しかし、待てよ？　本当にこのまま峰岸吾郎というコンテンツをバラの茂みの中からどかせてしまっていいのだろうか？　まだ、何か方法はあるのではないか？

世の中には二種類の人間がいると言われている。

《できない言い訳を探す人間》と《できる方法を考える人間》だ。

もちろん私は後者だわ。

そう気づいた乃恵美の頬には先ほどまでの絶望の翳《かげ》はなく、代わりにバラ色の希望の光が差していた。気持ちはとうに決まっていた。

「来てくれてありがとう」

約束の時間に十五分ほど遅れて峰岸が乃恵美のアパートを訪ねてきた時、彼女はいつになく他人行儀な言い方で彼を迎えた。

「いや」

峰岸は周囲を見回し、誰もいないことを確認してから、素早くドアの中に体を滑り込ませる。このあたりの慎重さは、たぶん四年前から同じようにずっとそこにあったはずなのだが、恋に心を奪われていた乃恵美には何も見えていなかった。真実はいつも目の前にありのままの姿で転がっている。見る側の目が曇っているか、見たくないものを見ないように目を閉じているかだけなのだ。

「本当に今日を最後にしてくれるんだよな？」

靴を脱ぐ前に、峰岸が念を押す。その確約がとれないなら、部屋には上がらないという固い決意が見て取れた。

「もちろんよ」

乃恵美はこれ以上ないほど優しい笑顔で大きく頷いた。峰岸が、それならという風にようやく釣り上げた肩の位置を下げ、慣れたやり方で書類カバンを乃恵美に手渡す。こんな連携プレーは阿吽《あうん》の呼吸の夫婦のようでもあったが、そもそもそうなってはいけなかった。なぜなら、それはあっちでもやっていることだからだ。

「あまり時間もないんだが」

峰岸がさも忙しいという風にワイシャツの袖をまくって腕時計を見るふりをする。

四年の間に、峰岸が時計を確認する姿は数えきれないほど見てきた。しかし、それはいつも乃恵美に気づかれないよう、コーヒーカップを取るついでに……とか、乃恵美が化粧直しに席を立ったタイミングで……とか、気遣いという名の狡猾さのオブラートに包んで行われていた。同じ行為を堂々と、わざわざ乃恵美に見せつけるためにやってのける峰岸に、乃恵美は自分の出した最終回答《ファイナルアンサー》が正しかったことを再確認する。

　ここで泣いてすがってもこの人の心は戻らない。それどころか、ますます私を忌み嫌うだろう。それならば一旦綺麗に別れてあげて、彼の前から完全に姿を消す。会社でも何食わぬ顔で今まで通りに彼と接する。たまに同僚男性の誰かといちゃついて、峰岸を妬かせるのもいいかもしれない。ともかく「あなたのことは綺麗さっぱり忘れました。あなたがいなくても私は幸せ」という態度を貫く。それが彼を取り戻す最善策であるとの結論に至ったのだ。

「どうしても最後に、あなたに私の手料理を食べてもらいたかったの。この四年、せっかく素晴らしい時間を共有できたんですもの。こんなことになって残念だけれど、だからといって素敵な思い出まで汚すことはないわ」

「産むことは叶わなかったけれど、せっかくあなたの赤ちゃんも授かったし」の台詞は既のところで引っ込めた。直前のシナリオでは言う予定だったが、本番で急遽割愛した。少しでも峰岸を不快にさせる話は持ち出さない方が得策と、乃恵美の野生の勘がストップをかけたのだ。人は最初のイメージ、最盛期のイメージ、そして最後のイメージを相手に対して持ち続けるという。特に最後のイメージは最も大事だと言えよう。「終わりよければ全て良し」と、かのシェイクスピアも言っている。

圧倒的に素晴らしい私の最後のイメージを峰岸に植え付けるのだ、逃がした魚は大きかったと思うように。

峰岸は半信半疑の面持ちだったが、これで全て片が付くならと判断したのだろう。

「食事が終わったら、帰ってもいいのかな」

こんなに怯え、卑屈さを露呈させた峰岸を見るのは初めてだ。会社ではどんな時でも輝いているのに。

「あなたの好きな和食を作ったの。仙台の油麩《あぶらふ》入りの肉ジャガ、茄子の明太子和《あ》え、ヒジキとさらし玉葱のサラダよ」

「これはうまそうだな」

テーブルに並べられた手料理の数々を見て、峰岸の頬が不覚にも緩む。自宅ではほとんどがフランス料理を中心とした洋食で、いわゆるおふくろの味的な和食はほとんど出ないといつか聞いた。それで乃恵美は、自宅で峰岸に料理を振る舞う時には和食一択で対抗してきたのだ、永久凍土に。

「俺の好物ばかり用意してくれたんだな」

峰岸の警戒が完全に解けるのもあとちょっとだ。

「最後に私の気持ちを受け取ってほしかったの。食事のあとのセックスも要求しないし、食べ終わったらすぐに帰っていいのよ」

「君には本当に世話になった。君の料理にも、君の体にも、正直に言って未練はあるよ。だが四人目の子供が生まれることになって、ここらで俺も襟を正すべきだと思ってね」

今さら襟を正すなどと笑止千万だが、ここは我慢だ。峰岸が一週間前にPホテルで浴びせかけた残酷すぎる言葉の数々に、さらなる追い打ちをかけるような言葉のナイフを突き刺してきたとしても、今は黙って聞くだけにしよう。

乃恵美は菩薩よりも穏やかな微笑みを浮かべながら答えた。

「最期に私の気持ちを受け取ってもらえて、本当に嬉しいわ」

＊

二十九歳会社員の女、交際相手の勤務先社長（四十二歳）を包丁でメッタ刺し！！！

凄惨極まりない殺人現場の衝撃！！！

不倫愛の果て、別れ話のもつれか!?

容疑者・牧田乃恵美《まきたのえみ》、謎すぎるモナリザの微笑み！

実姉は有名インフルエンサー！！！

ゴシップ週刊誌『週刊リアルライフ』の巻頭記事を開いたまま、何かを考えている警視庁捜査一課長・亀山真司《かめやましんじ》に、捜査二課の塩川航《しおかわわたる》が近づいてきて聞いた。

「カメさん、牧田乃恵美の様子はどうです？」

「ああ、それが気味が悪いくらい落ち着いているんだ。殺人容疑も全面的に認めているし、取り調べにも実に素直に応じている。第一、現場からの第一報を一一〇番通報したのは牧田乃恵美本人なんだよ」

「ガイシャはミネギシフラワーの社長なんですよね」

「社長の峰岸吾郎とは長年の不倫関係にあったそうだ。本人たちは秘密で付き合っていたつもりだったようだが、全社員が二人の関係を知っていたらしい」

「知らぬは本人ばかりなりってことですか。峰岸社長《ホトケさん》の死因は」

「料理用の柳葉包丁《やなぎばほうちょう》で五十回以上メッタ刺しにされての失血性ショック死だ。乃恵美の自宅で二人は最期の晩餐中だった。どうやらその場で峰岸から別れ話を持ち出されて乃恵美が逆上。キッチンにあった包丁を取り上げての発作的な犯行のようだな」

「不倫によくある別れ話のもつれですか。本宅の奥さんは妊娠中だとか」

「奥さんは自宅でフランス料理教室を主宰している綺麗で上品な人だよ。訃報を聞いてあまりのショックで切迫早産、残念なことに子供は助からなかったそうだ。乃恵美自身も二年前に峰岸の子を堕胎《おろ》している。私は中絶させられて奥さんは四人も子供を産めるなんて許せなくて、と供述している」

「乃恵美が逆上して咄嗟に殺意を抱くのもわからないではないですが、まあ、不倫ですからね」

　妻と別れて自分と結婚してくれると思っていた男が、掌を返したように妻の側に寝返ったと知った女の恨みがどれほどのものか、考えるのも気が滅入ったが、なぜか亀山は牧田乃恵美の殺害動機が今一つ確実に掴み切れていないようなもどかしさも感じていた。

　会話を切り上げて席に戻りかけた塩川の背に語るように、もしくは独り言のように亀山はつぶやいた。

「ただ一つ、妙なことを言っているんだ、バラがどうとかって。事件に関することには本当に素直に何もかも話しているのは間違いないんだが」

亀山はさらに腕を組みながら考え込む。

牧田乃恵美はこう言ったのだ。

「ねえ、刑事さん。私新聞に出るんでしょ。名前も顔も。週刊誌やテレビのワイドショーにも出るよね。綺麗に撮ってよ。でも一つだけお願いがある。姉のコメントや写真は撮らないで。ううん、撮ってもいいけど載せないで。載せるのは私だけにしてね」

牧田乃恵美は殺人を犯したことにさほど悪びれる様子も見せず、これ以上ないほど不名誉極まりない自分の世間への露出を、むしろ望んでいるようにさえ見えた。実際、逮捕されて連行される時、その顔を上着や帽子、マスクなどで覆うこともせず、報道陣のカメラに向かって真正面からこぼれるような笑顔を見せたのだ。

亀山にも二人の娘がいる。大学二年の長女と高校一年の次女だ。二人とも部活や学校で忙しく、非番の日にさえ顔を見かける程度ではあったが、妻に聞いた感じでは姉妹の仲は良好で、一緒にコンサートや小旅行に出かけることも少なくないようだ。

乃恵美と乃恵美の姉の関係は違うのだろうか？

いつか妻がこう言っていた。「姉妹ってね、親友にもなるし、ライバルにもなるの。子供の成長は自分以外の人間との比較や競争で磨かれるでしょう？　家庭という狭い世界の中で生まれて最初に出会う他者が姉だったり、妹だったりするから、競い合う方向性を間違えないように親がちゃんと見ていてあげないとね」

乃恵美が陶酔したような表情で歌うようにこう語ったことが、乃恵美の峰岸殺害に関する亀山の推察——峰岸は単に乃恵美の願望を満たすための道具に過ぎなかったのでは、という——に拍車をかけることにもなっていた。

「バラの茂みの中にいるのは彼《あいつ》なんかじゃない。最初からあんな奴、バラの茂みの中にはいなかった。だから何の躊躇もなく殺せたの。私にとって血を流してでも——血を流させてもか（笑）——どうしても手に入れたい、バラの茂みの中にある物は、姉を上回ることだから」

始まりの物語

この世がまだ混沌として世界の全貌が明らかになっておらず、いくつかの国々が独自の文化を築いていた頃のこと。

ある国に一人の王がいた。

この王は、父であった先王の二人いる息子のうちの弟の方であった。普通なら兄王子が跡目を継ぐはずだったが、弟王子はそのことに幼い時から疑問を持っていた。なぜなら彼は全てにおいて兄より秀でていたから。学問、武道、芸術、どの分野においても彼を上回る者は宮中はおろか国中探しても見当たらなかったし、見目麗しく身体能力にも長けている。しかしそんなことより、一国のリーダーとしてもっとも必要とされる、しかも兄王子には完全に欠落している資質が彼にはあった。

それは野心だった。

兄王子は幼少期から英才教育を受けていたが、本人にやる気はなく、しばしば王宮を抜け出しては町で女たちを物色し放蕩の限りを尽くしていた。

「どうせ俺は次期王だ」

そんな奢りが兄王子を支配しているように見えた。

兄の振る舞いを横目で見ながら、弟王子は宮廷の図書館にこもって古い書物や文献を閲覧し、腕の立つ王宮の猛者たちと剣を交え、中庭で石や木の枝を兵に見立てて戦《いくさ》の布陣を研究したりしていた。それが彼にとっては一番の心躍る遊びでもあったのである。

兄王子の素行に頭を悩ませていた父王は、ある日弟王子を呼び出してこう語った。

「息子よ、聞くがよい。昨夜、神のお告げがあった。兄王子を王にすれば、この国は滅びると」

父がこれから何を言おうとしているのか、弟王子にはもうわかっているような気がした。

「どうなされるのです?」

「お前が王になるのだ」

「私が」

弟王子は一瞬ひるんだが、すぐに気持ちを立て直し、父に尋ねた。

「兄上を差し置いて私が王になるということに、果たして人民が納得するかどうか」

「ならば納得するようにするしかない」

「と言うと」

父王は彼を諭すように、また自分自身に言い聞かせるように続けた。

「私はお前たち二人の息子をずっと見てきた。兄王子が次の王になるための道を決して塞がず、ぎりぎりまであれを自由に泳がせておいたのだ。いつか必ず改心し、次期王としての自覚を持ってくれるはずだと信じて。しかしあれが王として相応しくないこと、この先もそれは変わらないことを私は思い知ったのだ」

胸騒ぎを隠し切れない弟王子に、父は続けた。

「しかしさっきお前が言ったように、何らかの方法で、兄ではなくお前が王になることを人民に納得させねばなるまい。そこでだ」

弟王子は父の次の言葉を待った。

「二人で剣術の公開競技を行うがよい。人民を招き、あくまでも王家の公式行事として公衆の面前で剣の腕を競い合うのだ。そちには真剣を、兄には真剣ではないものを用意しよう」

しかしそれでは競技ではなく、決闘だ。兄を騙し討ちすることになってしまうと弟王子が言おうとした時、父王は「これへ」と、一人の人物を部屋に招き入れた。入ってきたのは幼い頃から共に過ごしてきた友。今でも剣術の一番の相手である腹心の男だった。

「この男に一役買ってもらうことにした。誤ってそちに真剣を用意してしまった責任を取って自害してもらうのだ。民はそれで納得するだろう」

驚く弟王子の前で幼馴染みの男は恭《うやうや》しく跪き、頭を垂れている。その様子には恐怖も迷いも微塵も感じられなかった。

「なぜこの者を。この者が私にとってかけがえのない唯一の存在であることを、父上はご存知のはず」

必死に訴える弟王子に、幼馴染みの男が顔を上げて口を開いた。

「私は物心ついた時分から、あなた様のために心身を捧げてまいりました。ようやく本当の意味であなた様に命を差し出す使命が与えられたことに、心からの誇りと栄誉を感じているのです。どうか私の命を、あなた様とこの国の未来のために役立てて下さい」

公開競技という名の真昼の決闘は、町の中央にあるコロシアムで、万事抜かりなく全てが予定調和のうちに執り行われた。人々はこの国を背負う若き二人の王子が衆人環視のもと、自慢の剣の腕を競い合う姿を今や遅しと待ちわびていた。

剣を抜く時、真剣特有の鋭い輝きが弟王子の目を射抜いた。太陽を浴びて照り返す三日月のような反射光が、兄に、そして観衆に見破られはしまいかと彼は内心穏やかではなかった。しかし腹心の男が「ご心配には及びません。兄君の剣も真剣と見まごうほどに、私が磨き上げておきましたから」と言っていたのを複雑な気持ちで思い返した。

序盤は互角に、次第に優勢に。父の描いたシナリオ通りに競技は進行した。あくまでもデモンストレーションであることを強調する和やかな雰囲気の中で、弟王子は少しずつ兄王子を攻め、やがて壁際に追い込んだ時、初めて兄の顔から笑いが消えた。疑問と恐怖がその表情を支配したのである。これが自分の最期とは知る由もない実の兄を前に、弟王子の脳裏に父王が言った言葉が蘇った。

「大事にしている者を失うことは、お前が王として裸一貫で出発することを意味するのだ。最高権力者とは孤独なもの。味方はわが身一つのみ。信じるのも自分だけなのだ。この国を背負う覚悟があるのなら、まずは持っている宝を手放してみよ。何かを得ることは何かを失うことなのだ。何かを成し遂げようとする時、そこには必ず痛みが伴う。その痛みをとことん味わってこそ、人民の心に寄り添える真の名君になれるのだ」

わずかに残った逡巡を振り切るのと、戸惑いと懇願を滲ませた兄の首に真剣を振り切るのはほとんど同時だった。鮮血が吹き出し、観衆の悲鳴が響き、大勢の人々がこちらに向かって駆け寄ってくるのを、彼はどこか夢の中での出来事のような気持ちで見ていた。夥しい返り血を浴びながら。

そして弟王子の盟友が、たった今行われた悲劇で赤く染まったコロシアムの中央に引き出された。父王と議会の審判によって、間違って弟王子に真剣を渡してしまった罪を問われ、その場で首を斬られることになったのである。

「これが王としてのそちの初仕事なのだ」

実の兄と生涯の友、わずか一日で最も自分に近しい二人を死に追いやることになった彼の耳に、父王の囁きが空しく響いた。

弟王子の新王即位を祝う祝賀式と祝賀イベントは一週間続いた。ごく簡素に執り行われた兄王子と腹心の男の葬儀ののち、国は新しい王の誕生に沸き立った。

誰もが若く聡明で勇敢なこの新王に期待していた。なぜなら隣国の脅威がすぐそこまで迫っていたからである。

祝いの儀式が終わると共に――祝いの最中にもと言うべきか――新しい王は戦の準備に余念がなかった。この昼も夜もない国を挙げてのどんちゃん騒ぎは敵の目をくらます隠れ蓑でもあったわけだ。

新王の若さ溢れる勢いとは裏腹に、長年の重職の疲れからか、父である先王は戴冠式が終わるや否や、崩れ落ちるように床に伏してしまった。あの悲劇的な公開競技のあと、兄の話は一切してこない父だったが、わが子をわが子に殺《あや》めさせた強い自責の念が病という形になってその心身を蝕《むしば》んだのだ。犯した罪には必ず同等かそれ以上の報復があるのだと新王は思った。権力者とはかくも業深きものなのか……新王は自分の手もまた、汚れた血に早くも染まってしまったのを知った。

一方、兄と幼馴染みを自らの手で葬った彼にとって、敵を討つことはある意味ずっとたやすいことではあった。相手はわが国を滅ぼそうとする憎い敵……そこに迷いも躊躇《ためら》いもあろうはずがなかった。もしかすると、このためだったのだろうか？　王位を譲られる前に父が自分に与えたあまりにも残酷な命令は、敵を容赦なく討ち取るための前哨戦だったのかもしれないと彼は考えるようになっていた。兄ではなく自分を王位に就かせようとした根拠を「神の思し召しだ」と語ったことも、自分たちがこれからやろうとしていることを正当化するためについた父の作り話だったのではないかと。しかしその真偽を確かめる前に、神は父王の命の灯を吹き消し、その魂を彼の妻が待つ永遠の闇の国へと素早く静かに連れ去られたのである。

新王誕生に浮かれていると思い、夜討ちを仕掛けたつもりが、若き策士の敷いた盤石なる守りと、効果的かつ迅速な攻撃に思わぬ混乱と動揺を極め、隣国はわずか一週間で制圧された。この時、隣国の王の首を見事に討ち取ったのは、民衆から志願して兵に加わった一人の若者だった。大手柄の褒美として彼は即刻王宮に招かれ、《近衛長》という名誉ある称号が与えられた。王はその男に亡き盟友の面影を重ね合わせていた。揺るぎない忠誠心、死をも恐れぬ勇気、山よりも高いその志に。

多くの血と汗と涙が流れはした。が、何かを成し遂げるために支払わなければならない犠牲を、その対価として割り切るのだと新王は腹を括った。国を守り、国を発展させるためには通らねばならない道――綺麗ごとでは済まされない。慟哭と歓喜は常に世界の表裏、背中合わせの宿命だった。同時に王になってみて初めて父の苦労や苦悩・心痛に思い当たり、生前にそのことをもっと話したり、聞いたりするべきだったと悔やまれることがしばしばあった。この気持ちを腹心であった幼馴染みの男と分かち合いたいと思ったが、彼もすでにこの世にはいない。兄、盟友、そして父と、失った者たちの大きさを思うと、果たしてそれと引き換えに得たものがそれ以上に価値ある物だったのかどうか、王にはもうわからなくなっていた。

「王様、王宮の門の前にうら若い女がひとり行き倒れております」

敵王の首を取り、今は新しい腹心として取り立てられた近衛長が王に伝えにきたのは、征服した隣国の後始末もほぼ済んだと思われる秋の頃だった。

「行き倒れの女？」

「はい。年の頃は十七か十八といったところでしょうか。まだほんの小娘です。粗末な服を纏い、顔も体も汚れたみすぼらしい姿をしてはおりますが」

「が……なんだ？」

「磨きをかければ、なかなかに美しくなりそうな容貌をしておりまして」

「ほう」

近衛長の言葉に興味を持ち、王はその娘を見にいくことにした。穀物を入れる使い古した麻袋のような衣服とも呼べないような布を纏い、汚れて硬く固まった長い髪を顔が見えぬほどに垂らし、あちこち傷や泥で覆われた手足を剥き出しにした姿を見た途端、王は哀れみよりむしろ好奇心を抱いた。なぜなら人間が生まれながらに持つ魂の高貴さ、気高さは、貧富や出自とは無関係であることを知っていたからである。

「面《おもて》を上げよ」との臣下の声にその細い顎をすっきりと上に向けた娘の面立ちは、泥水の中でこそ美しく咲くという睡蓮の花のようであり、満月が昇る夕刻にゆっくりと花開く月下美人のようであり、北の国境に自生する野生の百合の群れの中で最も気高い一本の白百合のようであった。

そこに居合わせた者全てが娘の類いまれな美しさに息を呑んだ。中でも王の心を捉えたのは、泥に覆われた顔に輝く黒曜石《こくようせき》のような瞳とカモシカのように引き締まった脚である。あの目に射抜かれ、あの脚を両腕に掻き抱きたい……生まれて初めて味わう、稲妻にも似た感情に王の胸は不覚にもうち震えた。

「この者を王宮で保護するように」

従者たちに抱きかかえられるようにして王宮に入り、侍女たちによって念入りに体を洗われ、髪を結われ、美しい絹の衣装を纏わされ、ありとあらゆる宝飾品で飾り立てられて王の前に現れた娘は、近衛長の予想通り目の覚めるような美女に変身していた。いや変身という言い方は正しくない。本来の姿に戻ったと言う

べきだろう。娘の支度に関わった侍女たちまでもが仕上がった娘の姿の完成度の高さに溜め息をついた。しかし、

「そなた、名前はなんという」

王の問いかけに、女は黙って首を横に振るだけである。

「自分のことを何も覚えていないようでございまして」

年嵩《としかさ》の侍女頭がそっと王に耳打ちをした。

「口はきけるのか」

「何を聞きましても首を横に振るばかりで。私どももいまだ娘の声を聞いてはおりません」

だが、質問に首を振って答えたのだから、耳は聞こえるし、こちらの言っていることも理解しているのだろう。何らかの事情で王宮の門前に倒れ込み、助けられはしたが、ショックと混乱のあまり自分と自分の置かれている状況が一時的に思い出せないのだろうと王は推察した。

「無理もない。さっきまで門の外で意識を失っていたのだから。今夜はゆっくり

休ませて、明日以降少しずつ事情を尋ねていくこととしよう」

侍女用の空き部屋が娘のためにあてがわれた。娘は初めこそ落ち着かず、きまり悪そうな様子をしていたが、空腹には勝てなかったのか、侍女が用意した簡単な食事をぺろりと平らげたことを王は近衛長の報告で知った。

「王様、あの娘ですが」

近衛長が声を潜めて言った。

「どこの何者なのか素性がはっきりするまでは、一定の距離を置かれた方がよろしいかと」

「そちはどう思う？」

「まさかとは思いますが、あの戦いの最中に隣国から逃れてきて、ほとぼりが冷めるまで潜んでいた可能性もあります。疲れ果て、汚れ切った様子からしましても」

それは王も考えた。あの戦乱のさなか、例の百合の群れ咲く北の国境周辺の惨状はとりわけ凄まじかったと聞く。敵も味方も区別できないほどの混乱の中、どさくさに紛れて、敵国の者が命からがら密かにわが国の領地になだれ込んできていたとしても不思議ではない。

「念のため、娘の身元を調べることを、私にお許し願えませんか？」

近衛長はあくまでも低姿勢ではあった。

王は娘が隣国の者ではないことを祈った。しかしそうであったとしても、すでに隣国は消滅し自分の支配下にある。何とか言いくるめ、宥《なだ》めすかして女を手元に置き、最終的にはあの併合は極めて正当なことだったのだと納得させたい。滅びた国の女を召し抱えることなど歴史上いくらでも前例があるし、それこそが人類の歴史を紡いできたとも言えるのだ。王はその晩、百合の花の群生する北の国境の丘を、裸足の娘が風のように走り抜ける夢を見た。

「王様、ご安心下さい」

近衛長が王の元へ朗報を告げにきたのは三日後のことであった。

「どうであった？　女の身元はわかったか？」

逸《はや》る王に近衛長は、

「あの娘は町はずれにある鍛冶屋のひとり娘でございました。あの戦いの中、父母とはぐれて一人で彷徨《さまよ》っているうち群衆の渦に揉まれて気を失ってしまったようです」

「では親元に返してやらねばなるまいな」

落胆の色を隠しもせずに王が言うと、近衛長はここぞとばかりに、

「それには及びません。娘には気の毒ですが、両親は戦のさなかに命を失い、実家の鍛冶屋も戦火ですでに焼失しております」

「なんと」

「今は身寄りのない天涯孤独の身にございます」

天涯孤独――それでは自分と同じではないか。娘の方は戦いによって、自らはこの手を血に染めて……その経緯に違いこそあれ、今はこの世に誰一人身内のいない者同士。王の女への思いはますます深まった。娘が最愛の両親を失ったのは、

意図的ではないにしろ、この自分が引き起こした戦いゆえという点も、娘への憐憫をいや増すことになった。しかも娘はこの国の民なのである。

「あの娘を王宮に留め置いたとしても何の問題もないのだな」

王が近衛長に確認すると、

「仰せの通りにございます。もし放り出したりすれば、女はたちまち行き場を失うことになりましょう」

近衛長はすでに王の腹《はら》を全て承知しているようであった。さらに近衛長が言うことには、女は町でも評判の孝行娘。その美しさと賢さ目当てに、日々求婚者が鍛治屋の前に列をなすほどであったという。

「まさに灯台下暗しでございます。あの娘はこの王宮にいる他のどんな女をもすでに凌駕しておりますよ」

次の日から、娘は王宮で侍女としての教育を受けることになった。寝食だけで何もせずただ心身の回復を待つよりも、何かを学びながら向上心を持って日々を過ごす方が、その記憶が戻り、傷が癒える可能性も高まると、王宮付きの侍従医に言われたこともある。

「まあまあ、何ということでしょう。毎日毎日それはそれは吸い取り紙のように、教えるそばから吸収して瞬時に覚えてしまうのですから、こちらも教え甲斐があるというもの」

一週間もしないうちに古参の侍女頭が目を細めてこう言ってきた時には、王も「やはり私の目に狂いはなかった」と思わざるを得なかった。侍女としての仕事を覚え、日に日にその存在感を増していくにつれ、無表情だった娘の顔にある変化が見られるようになっていった。さすがに父母が戦火に命を落としたことを知った時には涙に暮れていたが、自分の他にもあの戦で家族や係累を亡くした者が数多くいたこと、そんな中で自分が助かったということはまだこの世でやるべきことがあるという神の啓示なのだと、自らを納得させて立ち直ったという。

娘は悲しみを乗り越えた。

と同時に、最初は侍女同士のたわいもない戯言《ざれごと》にくすっと笑うだけだったのが、しまいには皆で一緒に声を出して笑うようにもなったのだと、これも侍女頭から王は聞いた。しかも娘は口がきけないどころか、まれにみる物語の名手であったらしい。娘が語る物語は遠い国の石細工を生業《なりわい》にする男と岩山に住む石の妖精の恋物語だったり、人里離れた秘境で悟りを開こうと、魔女たちの誘惑に打ち勝つため自らの目を潰して苦行を続ける修行僧の伝説だったり、死んだわが子を蘇らせるため世界の果てにいるという魔人に会いに行く嘆きの母親の旅路だったりした。仕事の合間に娘が紡ぎ出す物語の数々は、いつしか侍女たちの心を捉え、宮仕えの彼女たちの最大の楽しみにもなっていったというのである。

「あの娘の機知に富んだ物語を聞いたあとは、皆が皆、目をキラキラさせてまた王宮の仕事に邁進できると申していますようで」

鍛冶屋の娘が、単に美しいだけでなく、賢く叡智にも恵まれているということは、王宮の者たちの多くの証言によって王にも十分に理解できた。

半年後、王は娘を妃に迎えた。

王の結婚に異議を唱える者は誰一人なく、鍛冶屋の娘はこの国の王妃として絶大な支持を得ることになった。

国を挙げての盛大な結婚式の夜、白い結婚衣装に身を包んだ花嫁は、王の寝室で初めてその肌を見せる期待と不安に打ち震えていた。

「案ずるな」

王は王妃に優しく語りかけた。

「私も震えている。初めてなのは私も同じだ」

王妃は驚いて王を見上げた。

「どうだろう、そなたと私の震えが止まるまで、私に物語を聞かせてはくれまいか」

「物語を？」

王妃は鈴を転がすような声で聞き直した。王が性急な愛の行為に走らず、物語を聞かせてくれと言ってきたことに、少なからず意表を突かれたようだ。そしてそのことが、王妃の強張った心を開いた。

「そうだ。王宮ではそなたの話す物語の面白さ、荒唐無稽な冒険や胸打つ親子愛、はたまた幻想的な恋物語などの話題で持ちきりになっている。今やそれを聞いたことがないのはこの私だけのようだからね」

するとあ若い王妃の目がたちまち輝きを帯びてきた。自分の体を欲するよりも物語を聞きたいと言ってくれたことがよほど嬉しかったのだろう。

王妃は早速ひとつの物語を語り始めた。それは王が今までに聞いたこともないような胸躍る物語であり、それを語る王妃の表情と声の美しさもまた王を強く惹きつけることとなった。

長い物語を語り終えた王妃と、それを聞き終えた王に、すでに先ほどまでの震えは消え去り、代わりにお互いへの揺るぎない愛と信頼が生まれていた。東の空が薔薇色に染まり、一番鶏が夜明けの雄叫びを上げる頃、王と王妃はようやく夫婦としての本当の契りを交わしたのである。

王と王妃の仲睦まじさは、結婚して一年目に早くも初めての王子が誕生したことからも見てとれた。夜の寝所で語られる王妃の物語は、結婚式の晩から一夜たりとも途絶えることなく続き、王は日を重ねるごとにいや増す王妃の美しさと、類いまれな知性と創造力にますます惹きつけられることになった。王は王妃をこよなく愛し、全身全霊で国政に励み、男として王としての自信に満ち溢れていた。

次の年には第一王子、翌年には第二王子、そして翌々の年に四番目の王子が生まれる段になって、国民はこの国がすでに盤石の体制下にあり、他の国のどんな攻撃にも屈しない力を蓄えたことを知ったのである。

活動的で血気盛んな第一王子は「火の王子」、芸術を愛する情緒豊かな第二王子は「水の王子」、思慮深い学究肌の第三王子は「地の王子」、軽妙洒脱なコミュニケーション能力に長けた第四王子は「風の王子」と呼ばれた。四人の王子はすくすくと成長した。そして長男である火の王子が明日で十六歳の誕生日を迎えるという前の晩、王と王妃はいつものように二人で王の寝室にいた。

「月日の経つのは早いものだな」

王は感慨深げに、かたわらで髪を梳《と》く妻に向かって言った。妻は恥ずかしそう

に、

「私も年をとりました。あの頃と同じように、あなた様にまだ私を愛して下さるお気持ちがあるのかどうか、いささか心配にございます」

「何を申す」

王は王妃の細い肩を力強く抱き寄せてこう言った。

「そなたは十七年前と少しも変わらぬ。いや美しさも知性も歳月を経ていよいよ輝くばかりだ。私の気持ちもますます深くなるばかりだよ」

実際、王妃は不老不死の薬でも飲んでいるのかと疑うほど、今でも若く美しかった。抗いがたい愛と欲望にかられて、王がさらに深く王妃を愛そうと力を込めると、王妃は優しく王を制した。

「物語が、まだ」

王は、結婚以来欠かさず続けてきた、愛の行為の前を彩る物語という名の暗黙の前戯が一度くらい二人の情熱の前に破られてもいいのではないかとも思ったが、毎晩期待を裏切ることなく、彼を想像の世界へと運んでくれる妻の物語を、やはり今宵も例外なく聞きたいという結論に落ち着いた。そのあと、いつも以上に王妃を愛し抜こうと。

王妃はいつものように静かに語り始めた。


昔、ある国の若い王が森を一人で歩いていると、今まで足を踏み入れたことのない細い道の奥にツタの絡まる高い塔があるのを見つけました。

はて、こんなところになぜこのような塔が……。

王は不思議に思いましたが、塔のてっぺんに目をやると、一つだけある窓の扉が開き、中から一人の美しい娘が顔を出しました。

なんと、この塔に幽閉でもされているのだろうか？　あの娘はいったい……。

王がさらに不審に思っていると、娘がその容姿に勝るとも劣らぬ美声で歌を歌い始めたのです。悲しみとも喜びともつかぬ非常に美しいその旋律は、たちまち王の心を捉えました。しかし、肝心な歌詞がわからなかった。娘の歌う歌詞は王の聞いたことのない、どこか遠い国の言葉のようでした。この歌詞はどういう意味なのだろう？

塔の娘の歌う歌詞が気になった王は、次の日、国の言語学者を伴い、再び森の奥へと向かいました。前日同様、王が塔の下に辿り着くと、てっぺんの窓が開き娘が今日も歌います。

♪♪♪〜〜〜♪♪♪

王と共にこの塔を訪れた言語学者も耳を澄ましましたが、

「陛下。これは私が今まで聞いたことのない言葉です。多分東の国の言葉ではないかと」

と言います。

次の日、今度は東の国出身である王宮付きの侍従医が、王と共に森の中の塔を訪れました。例によって塔の高窓が開き、美しい娘があの歌を歌います。しかしこの医師にもその歌詞がわかりません。

「陛下。これは多分南の国の言語でしょう」

次の日、王は今度は南の国から来たという庭師と共に森の塔にやってきました。

庭師は娘の歌を聞きますが、やはり歌詞は理解不能です。

「陛下。こんな言葉は初めて聞きます。これは間違いなく西の国の言葉であろうかと」

この謎解きが結末に向かっているのか、それとも謎のままで終わるのか、王には次第にわからなくなっていきました。

あくる日、王と共に森の塔に向かったのは、西の国から来た馬車の駁者です。この男にもわからなければ、最後に残るのは北の国の言葉ということになる……。

王はそんなことを考えつつ塔の窓が開くのを待ちました。やがて窓が開き、娘がいつもの歌を歌いますが、王の予想通り駁者にもその歌詞はわかりませんでした。

王宮中に、北の国出身者はいないかというおふれが出されました。どんな身分の者でも良い。塔の娘の歌う歌の意味がわかった時は望む物を褒美として進ぜよう。

　ある日、一人の若者が名乗り出ました。

「そちは北の国から来た者なるか？」

　王の前で、男は床にひれ伏した顔を上げもせず、「はい。わたくしは北の国の出でございます」と答えます。十七年前、北の国との間に戦があったことを王は思い出していました。戦いは熾烈を極め、また長びきもしたことから、当時優勢だったこの国が北の国の南側を領土にすることで一応の和解をみていました。この男は今もかろうじて存続している北の国の北方の地域出身だということでした。

「そちはここで何を」

「私はこの王宮にある全ての厠《かわや》の掃除をしております。私の体からは陛下にはとても嗅がせられない悪臭がいたしますので、どうか私から十分に離れてお歩き下さいますよう」

　厠係の男の言うように、王は森の奥の塔に辿り着くまで、男と離れて歩くことにしました。

森はいつもと変わらぬ佇まいを見せています。鳥のさえずり、花々の誘惑、木々の揺らぎと風のそよぎ……王はふと北の国に思いを馳せました。この国と北の国境付近には野生の百合の群生があった。しかしあの戦で、真っ白な百合の花々は戦火と多くの血で真っ赤に染まってしまったと。

「そなたは百合の花咲くかつての国境が今どうなっているか存じてはいまいか」

王は後ろからついて来る厠係の男に声をかけましたが、王から離れて歩いている男の耳には届かなかったようでした。

やがて目指す塔に辿り着きました。厠係は相変わらず王との距離を保っています。塔の高窓が開き娘が顔を出し、いつものあの歌を歌い始めました。

「さあ、あの歌の意味を教えてくれ」

王が厠係にそう問いますと、

「おお、懐かしきはこの言葉、この調べ。これは紛れもなく、わが故郷の言葉、北の国の歌にございます」

厠係の男は実に嬉しそうに、そして懐かしそうに感慨に耽る様子を見せました。

ついに娘の歌の意味がわかる時が来たのだと、王は内心飛び上がる思いでした。

「ですが、意味まではわかりません。いささか声が遠すぎますので。もっと近くで聞けるといいのですが」

　すると厠係の意図を察したかのように、歌声が次第にこちらへと近づいてくる気配がしました。見ると窓の娘はいつの間にか姿を消し、塔の下へと螺旋階段を降りてくる靴音が聞こえます。王は歌の意味と共に、塔の上にいた美女までも近くで見られるのかと歓喜しました。

「陛下。歌の意味がわかってきました。♪国境の白百合が赤く染まる時……♪と歌っています」

　妖しく美しい歌声はいよいよ近づき、王の期待が最高潮に達した時、塔の門が静かに開き娘がゆっくりと姿を現しました。結婚衣装のような純白の衣装に身を包み、栗色の長い髪を腰まで垂らして、その目は青い星のように輝いています。

そしてその頭上には小さいながらもまごうことなく彼女の位の高さを物語る王冠が鈍い光を放っていました。

離れていたはずの厠係の男もいつの間にか王のすぐそばまで来ています。その手には鋭く光る剣が握られていました。

「そうか」

と王は観念したように言いました。

「そなたたちは北の国の王族の生き残り。北の王の二人の子供たち、兄王子と妹姫なのだね」

厠係の男と塔の娘は、今や王を両側から挟み、最後の歌詞を一緒に歌っていました。

♪国境の白百合が赤く染まる時、憎い敵《かたき》も同じ色に染めよう

この胸に北の光が燃え続ける限り♪

長い物語を語り終えた王妃の顔に、すでに微笑みは消えていた。

彼女はまっすぐに王と対峙し、王もまた、愛する妻——長年に亘って王を愛し、同時にこの日のために愛という名の仮面を被って王を欺き続けてきた鍛冶屋の娘——から一瞬も目を逸らすことなく見つめていた。

「今夜の物語はまた格別であった」

王はまず、この十七年間に聞いた王妃の物語の中でも出色とも言うべき《塔の娘》を褒め称えた。

「恐悦至極に存じます」

王妃も恭しく礼を言う。

「言うまでもないが、これは私の物語なのだな。そして塔の娘は妃、そなたの分身だ」

「あなた様ならきっとわかっていただけると」

「ひとつ聞きたい。近衛長がそなたのことを鍛冶屋の娘だと言ったのはなぜだ？　近衛長を買収したのか？　それとも考えたくはないが、色仕掛けで」

するとと王妃は心外とも言うべき表情で、

「私がこの身を許しましたのは、あとにも先にも生涯あなた様おひとり。あなた様以外ほかの誰にも指一本触れさせてはおりません」

「ではどうやって近衛長を抱き込んだ」

「物語の通りでございます」

王妃は静かにそう言った。

「近衛長がそなたの兄であると言うのか？　隣国の王子と王女であるそなたたち兄妹が身分を隠してこの国に忍び込んだと」

「はい」

「しかし、そなたたちの父である隣国の王の首を取ったのは他でもない近衛長――そなたの兄であるぞ」

「そこが、この物語のまだ語られていないところにございます」

王妃は真相を話し始めた。

あの戦で、王妃の父である隣国の王は形勢が極めて不利であること、これ以上戦いを続ければさらに多くの血が流れるだろうことを早い段階で察知した。勝ち目はないと判断した父王は、兄王子を呼び出し、こう言った。

「この私を殺し、私の首を持って帰れば、お前は敵の王に信頼され、英雄として国の要職に就けるだろう。王の信頼を勝ち取り、妹を王のそばに送り込み、時期を見て王を討つのだ。王子が実の父の首を取ったなどと、誰一人考えもしないだろうから」

「父上、それはできません」

兄王子は溢れる涙で顔を濡らしながら父にすがった。

「愛する王子よ。どうか私の言うことを聞き入れてほしい。相手は後継者である実の兄を討ってまで王位に就いた男だ。その男を欺くためにはこちらもそれ以上のことをせねばならぬ。だからそちが私を討つのだ。私の首を持ち帰り、敵の懐に入るのだ」

王子は父の命を懸けた戦略に、泣きながら従うしかなかった。実際、このまま戦いを続けることに何の利益も救いもないことは彼の目にも明らかだったのである。

ようやく十七歳になったばかりの妹姫は物陰から二人の話をじっと聞いていた。幼い頃から、一国の王女としての教育を受けてきた彼女は自分に求められている使命を即座に理解した。王女であるということは、贅沢にうつつを抜かすことではなく、国と国民のために命を捧げることなのだということを生まれながらに知っていたのである。

うなだれる兄に、姫はこう言った。

「私はどんなことでもいたします。憎い敵の腕に抱かれることにも、命を賭した父上のお覚悟の前ではこれっぽっちの逡巡もございません。いつかこの男に同じ思いをさせてやるのだと念じながら、復讐の業火に焼かれましょう」

妹の覚悟を聞いた兄王子は、ようやく父を討つ決意を固めた。そして誰もいない城の一室で父を討ち、その首を掲げて、城から馬で百合の花咲く国境を越えたのである。

「そちたちにそこまでの思いがあったとは」

王は驚きつつも感嘆しながら王妃の話をじっと聞いていた。

「しかしひとつ腑に落ちないことがある」

王は、王妃の方を向き直って尋ねた。不思議なことに、真実を知った今なお王の心に燃え盛る王妃への愛の炎はいささかも衰えはしなかったのである。

「私を討とうと思えば、そなたにはいくらでもチャンスがあったはずだ。なぜ十七年もの長い間、妻として私のそばにいたのだ」

王妃は、王のその問いにしばらくじっと何かを考えていたが、ふと思い立ったように部屋の隅にある戸棚から、一対の黄金の天秤を持ち出した。そしてその天秤を王の前に差し出しながら、こう言った。

「王様。これはわが国に代々伝わる正義の天秤にございます」

「正義の天秤？」

王はその天秤をまじまじと眺めた。天秤の右側の皿には真っ白な百合の花が一輪、そしてもう一方の左側の皿には深紅の薔薇の花が一輪、載せられていた。そしてその天秤は、正しい均衡を保っているように見えながら、かすかに紅薔薇の皿の方に傾いている。

「これがいったい何を意味すると言うのだ」

王は王妃の方を見て聞いた。王妃は静かに頷きながら、

「右の皿の白百合は、国境に群れ咲くわが北の国の誇り、忠誠を表す花にございます」

「あの百合の花咲く国境の丘は、私もよく存じておる。あの国境に群れ咲く白百合の丘の眺めはまことに見事であった。私も幼い頃から何度も見に訪れたものだよ。特に夏の夕暮れ、夕陽を浴びて揺れる百合の群落は言葉を失うほど美しかった」

「私もよく一人で百合の花咲く丘を歩いたものでございました」

「そうであったか。ではそなたと私はお互いに丘の反対側から、あの百合の咲く国境を眺めていたのかもしれないな」

「はい」

「で、もう一つの赤い薔薇の方は？」

王が尋ねると、王妃はためらいがちに目を伏せながら、

「赤い薔薇は愛でございます」

と答えた。

「愛……その愛とは」

「私の、あなた様に対する愛でございます」

「しかし、そなたは」

父と祖国の敵を討つために身分を偽り兄王子と共にこの私に近づいたのではないのか？

そう王が聞く前に、王妃はこう話し始めた。

「初めはあなたを討つために私はこの国に来ました。愛する父と愛する祖国を亡きものにした憎い憎いお方……あなたのことをそう思っていたのです。ですがあなたの妻になり、あなたのおそばであなたを知るにつれ、私の気持ちは少しずつ変化していきました。北の国を併合し権力の極みにあるはずのあなたに、私はたとえようもない寂しさを感じたのです」

「そちは私が寂しさを抱えた人間だと言うのか？」

「はい。あなた様は兄君をその手で殺しこの国の王になられたお方。それは一見、おのれの野心のため、自らの欲望のためとも見えるでしょう。でも実はその身が引き裂かれるほどの苦しみと迷いの果てに選ばれた道だったのではないですか？」

「王妃、それは買い被りだよ」

王は笑って王妃の解釈を否定した。

「私は自分が王になりたかったから兄を殺したまでだ」

「いいえ、私はそうは思いません」

王妃はきっぱりとそう言った。

「私は知っているのです。あなた様が毎晩うなされていること。そしてこっそり私との閨《ねや》をお出になり、人知れず兄君と腹心であった方の墓前に行って、泣きながら祈りを捧げ続けておられますことを」

王は、王妃のその言葉に思わず唇を噛んだ。死んだ兄と幼馴染みの男が毎夜のように夢枕に立ち、何も言わずに朝方消えていくことも、妻は気づいていたというのだろうか。

「そのお姿を見て、私はあなた様が今でも苦しんでいることを知りました。そして戦いによって滅ぼしたわが北の国の民に対しても、同じ苦しみを感じていらっしゃるのではないかと。一国の王というお立場上、その苦しみを表に出すことは許されません。あなたはあくまでも強い王として君臨せねばならなかった。誰にも弱みを見せられなかった。その寂しさを私は知ったのでございます」

王は王妃の言葉にうなだれまいと顔を上げたが、その目には不覚にも涙が流れていた。そして、その涙は無数の真珠の粒となって床に散らばった。

王妃はその真珠を一粒ずつ拾い上げ、「この真珠こそ真実の証し。嘘や偽善の涙から真珠は決して生まれないものですから」と言いながら、それらを糸で繋ぎ、長い長い首飾りを器用な手つきで作っていった。

「あなた様のお苦しみ……それは父である北の国の王にも、そして近衛長としてあなた様に仕えたわが兄にも同じように感じたことでございました。兄もまた毎夜毎夜、その手に斯《か》けた父への贖罪に苦しみ、神に許しを請う日々を過ごしております。私たちは、その宿命によってたまたま敵同士として生まれましたが、背負う十字架は同じだったのです。それもお互いに祖国への忠誠心があってこそ。あなたの胸にも正義の白百合は咲いていたのです。あの戦いでもし私たち北の国が勝っていたら、立場は逆転し、父はこの国を滅ぼして併合していたでしょう。コインが表に出るか裏に出るかだけの違いだったのです。全ては神の思し召し。誰にもどうすることもできませんでした」

黄金の天秤がぐらりと揺れ、紅薔薇を載せた皿がさらに重みを増したように傾くのを、王は見た。

「ああ、こうしている間にも赤い薔薇がどんどん重さを増していく」

感極まったように王妃は床に泣き崩れた。

「私が国境の白百合に誓った祖国への忠誠とあなたへの復讐は、愛の前に今もろくも消え去ろうとしております」

「王妃」

王もまた泣きながら床に跪き、王妃の肩を抱き寄せた。

「よく打ち明けてくれた。そなたの気持ちを知った今、私に思い残すことはない。長い間孤独と後悔に苛まれながら生きてきたが、ようやく私を理解してくれる相手に巡り合えたのだ。白百合は人に生きる道を示してくれる。だが白百合を胸に抱くだけでは生きていけないこともまた真実だ。そなたと出会い、私は愛の薔薇を知ったのだ。今の私にあるのは、神への限りない畏敬と感謝の念のみ。こんな私に、そなたという宝物を最後に授けて下さったのだから」

王妃も声を出して泣いていた。

「さあ、王妃よ。今ここで私を討つがよい。もう何も迷うことはないのだ」

あの日コロシアムで兄を討った剣を王妃に渡し、清々しいまでの覚悟で王がそう言った時、

「いいえ、それはできません。兄との計画は私があなたを討つことではないのです」

「それはいったいどういうことなのかね?」

王妃が立ち上がり、黄金の天秤に続いて、今度は小さな銀色の箱を持ち出した。

「この箱の中には、わが祖国・北の国の悲しい歴史が全て刻まれています。蓋を開ければ、そこにはあなたとこの国への恨みや憎しみ、北の国の人民たちの嘆きや叫びがこれでもかというほどに詰まっているのです。明日、私たちの長男である火の王子が十六歳の誕生日を迎えます。私は明日、火の王子にこの箱を渡すつもりでした。この箱を開けるや否や、火の王子はたちまち箱の呪いにかかり、父であるあなたを殺すでしょう」

「それがそちたちの復讐というわけだな」

「はい。兄君を殺したあなたは、やはり血を分けたわが子によって殺される。しかも、敵である北の国の血をも半分受け継いだわが子によって」

「そんなことはあってはならぬ」

王は今度はきっぱりとそう言った。その顔に涙はもう消えていた。

「こんな連鎖は断ち切るべきだ。火の王子が私を殺したら、今度は火の王子が同じ苦しみを味わうことになる。こんなことは私の代で終わらせなければならない」

涙を拭い、王妃も王を見上げた。

「では、どうすれば」

「その銀色の箱を開ける鍵を、私に渡しておくれ」

王妃は握っていた右手を王の前に差し出し、そっと手の平を開いた。そこに輝く銀色の小さな鍵を素早く受け取ると、王は瞬時にそれを口に入れ、飲み込んだ。

「あなた」

王妃は驚いて王の顔を見た。

「さあ、これで火の王子は恐ろしい自分の宿命から逃れることができた。北の国の悲しみも、そなたの苦しみも、火の王子の呪わしい使命も、この箱の中に永遠に閉じ込められたのだ」

「私たちはいったいどうなるのでしょう」

震える声で戸惑う王妃に、王が赤銅色《しゃくどういろ》の小さな箱をひとつ持ってきた。

「この赤銅の箱は？」

今度は王妃が王に尋ねる。

「この赤銅の箱の中には、私亡きあとのこの王国の運命が納められている。いつか来る時のために用意しておいたのだ。まず国をきっかり四分割して、それぞれを火の王子、水の王子、地の王子、風の王子が治める。そして四人の王子たちの統括と王国全体の統治を、そなたの兄であり、王子たちの叔父でもある近衛長に託すのだ。明日の朝、誕生日の贈り物としてこの箱を受け取った火の王子は、赤銅の鍵でこの赤銅の箱を開け、この国の行く末と自らの役割をしっかりと理解してくれるであろう」

「なんですって。それでは、あなたは」

王妃は驚きのあまり体勢を崩し、黄金の天秤に思わず触れてしまった。天秤は音を立てて床に落ち、見ると忠誠をつかさどる白百合はすでにしおれ、代わりに白百合の生気まで吸い取ったかのように、深紅の薔薇が生き生きと咲き誇っていた。

「この赤い薔薇は、そなたの私への愛だと言ったね」

王は薔薇を拾い上げ、優しく王妃を見つめた。

「私の愛はとっくに私の忠誠心を上回っていたのですわ」

王妃は恥ずかしそうに頷いた。

「この薔薇はそなたの愛のしるしであると同時に、私の愛の証しでもあるのだ。二人の愛が深紅の薔薇となって、こうして今、咲き誇っているのだよ」

「これからどうされるおつもりでしょうか」

王妃はおそるおそる王に聞いた。赤銅の箱の中に、王と自分の行く末は納められていなかったからである。

「そなたと私はこの国を出る、今夜のうちに。そして伝説で聞いた世界の果てにあるという、諍いも争いもない永遠の地へ向かうのだ」

王妃の顔がこれ以上ないほど美しく輝いた、喜びのために紅潮して。

「永遠の地。では、では、私はあなたとこれからもご一緒にいられるのですね」

「そうだ。近衛長と、彼の個性豊かな四人の甥たちがこの国を間違いなく守り続けてくれるだろう。彼らには、これ以上ない痛みを知るそなたと私の血が流れているのだから」

王と王妃は着の身着のまま、宮殿をあとにした。

途中、例の北の国境近くを通ったが、白百合の群れはどこにも見当たらず、代わりに深紅の蔓薔薇が生い茂り、幾千とも知れぬ赤い花を咲かせて気高く甘い香気を放っていた。

王と王妃はどちらからともなく顔を見合わせて微笑み、西へと向かった。

時に走り、時に歩き、時に木陰に腰を下ろして休息をとりながら、どこまでもどこまでも、愛という名の、たった一つの荷物を持って。白い竜が眠る湖を渡り、黒い魔女の住む森を抜け、青い妖精が舞う草原を抜けて、いよいよ西の果ての手前にあるという最大の難関・七色の滝が流れる崖の下に辿り着いた。虹色に輝く七筋の滝が、目の前に聳える切り立った崖の上から轟轟《ごうごう》とすさまじい音を立てて流れ落ちてくる。

「この崖を、どうやって登ればいいのでしょう」

王妃があまりの崖の高さ、勾配の急さにおののいて後退りした時、王妃の衣服の裾から、赤い薔薇が一輪こぼれ落ちた。

たくて」

「黄金の天秤に載っていた愛の証しの紅薔薇です。これだけは手元に置いておき

王が尋ねると、

「この薔薇は」

はにかむように王妃が答えると、突然どこからともなく一羽の蝶が現れた。

蝶は王と王妃の周りを誘うように優雅に舞いながら、「この薔薇の蜜を飲ませてはいただけませんでしょうか？」

と二人に尋ねた。

「薔薇の蜜を？」

王が蝶に聞き直すと、

「私は蝶の女王。私には三万の同胞がおります。皆、森にいる黒い魔女に花という花の蜜を奪われてお腹を空かせ、今にも死にそうです。もしその薔薇の蜜を分けていただけるのでしたら、お礼にどんなことでもいたしますよ」

「でも、こんな小さな薔薇一輪では、とてもあなたのお仲間の蝶々さんたち全員

に蜜は行き渡らないわ」

　王妃がそう言うと蝶はにっこり笑って、

「ご心配には及びません。私たちの吸う蜜の量なんてごくごくわずかなのですから。それに」

　そう言いながら、蝶にしかわからない声とも音ともとれる合図を上空に向かって送ると、ものすごい羽ばたきの音を立て、幾千、幾万もの蝶たちが竜巻のように現れた。

「その薔薇は特別の薔薇。吸っても吸っても蜜が尽きることはありません」

　女王の声が終わると同時に三万羽の蝶たちは、王妃が持ってきた愛の赤い薔薇に集まって代わる代わる蜜を吸い始めた。満たされた様子が、勢いを増した羽ばたきに現れていた。

「ありがとうございます。お蔭で私たちは命を繋ぐことができました。さあ、何でもお望みのことをおっしゃって下さい」

　感謝の言葉と共に蝶の女王が王と王妃に頭を下げたので、王はすかさずこう言った。

「それでは遠慮なく頼みたい。王妃と私をあの崖の上にまで運んでほしいのだ」

蝶の女王は崖の上を見上げて「ほほほ」と美しい笑い声をあげた。

「よろしいでしょう。今まであの崖を登って世界の果てに辿り着いた者はいないのです。あなた方が始まりのお二人となるわけですね。喜んでお手伝いいたしますよ。お二人はわが蝶一族の命の恩人なのですから」

蝶の女王がそう言ったかと思うと、蝶たちは一斉に二手に分かれ、彼らの女王の号令と共に王と王妃を包み込んだ。そして小さな体には不似合いなまでのものすごい力で、二人の体をふわりと宙に浮かせ、崖と平行に垂直に上昇し始めた。ぐんぐん、ぐんぐん、王と王妃は蝶たちに連れられて、七色の滝の流れる崖を上へ上へと舞い上がっていく。

そしてまもなく、王と王妃は崖の上の東の果てに辿り着いていた。

「ありがとう。本当にありがとう」

王と王妃はもう一度蝶の女王とその軍団に礼を述べ、さらに崖上の平地を西へと歩き出した。

果たして王と王妃が辿り着いたその場所は、誰もいない異郷の地であった。

一年中絶えることなく花々が咲き乱れ、豊かな果実が実る地上の楽園……冷たい風も吹かず、強い雨も降らず、暖かな太陽の光が降り注ぎ、鳥たちの歌声が永遠に生を祝福する。長旅で二人の衣服は汚れ、裂け、ほとんど半裸ではあったが、誰に恥じる必要もない。

王妃は蝶たちを救った薔薇の苗を、最初に踏み入れた足元の地面に植えた。薔薇はわずか一夜で枝を伸ばして成長し、またたく間に世界の果ての地は赤い薔薇の咲き乱れる楽園と化した。困難を乗り越えて愛と平和を手に入れた二人は、真の王国の、真の王と王妃として、そこに君臨することになった。

一方、王と王妃が出奔したあとの王国では、王が残した赤銅色の箱の教えに従い、近衛長を中心に、火、水、地、風の四人の王子が、それぞれの領地を賢く、また発展的に治めることに成功した。

火の王子が怒りに燃えると火山が爆発し、地の王子が不満を抱くと地震が起こり、風の王子が気まぐれを起こすと竜巻が発生したりはしたが、それらも単に一過性のものとして通り過ぎていった。水の王子が、彼の最愛の妻の死に際し嘆き悲しんだあげく、その涙が死ぬまで途絶えなかったためにこの世の全てが濁流に飲まれ、世界で最も高い山の頂だけを残して一面の水の底に沈んでしまった、あの忌まわしい洪水の日までは……。

後世、様々な詩や物語が、物語の名手であった王妃の子孫によって、口伝えに語り継がれていった。なにぶん口述なので、物語は時の経過と共に尾ヒレがつき形を変えていきはしたが、とりわけ人々の心を掴み、人々の腑に落ちるところとなった言い伝えは、やがて世界で最も偉大な書物となり、時を超え長く読み継がれることになった。

その書物の中で、王妃の持ち帰った薔薇が咲き乱れる世界の果てにある楽園は、《エデン》と呼ばれている。

〈著者紹介〉
間埜心響（まの しおん）
東京都出身。
2021年、株式会社文芸社より「ザ・レイン・ストーリーズ」
2022年、株式会社幻冬舎より「月光組曲」刊行。

薔薇《ばら》のしげみ

2024年５月14日　第１刷発行

著　者　　　間埜心響
発行人　　　久保田貴幸

発行元　　　株式会社 幻冬舎メディアコンサルティング
〒151-0051　東京都渋谷区千駄ヶ谷4-9-7
電話　03-5411-6440（編集）

発売元　　　株式会社 幻冬舎
〒151-0051　東京都渋谷区千駄ヶ谷4-9-7
電話　03-5411-6222（営業）

印刷・製本　中央精版印刷株式会社
装　丁　　　弓田和則

検印廃止

Printed in Japan
ISBN 978-4-344-94981-2　C0093
幻冬舎メディアコンサルティングＨＰ
https://www.gentosha-mc.com/